書下ろし

春《しゅん》嵐《らん》（上）

風烈廻り与力・青柳剣一郎⑱

小杉健治

祥伝社文庫

目次

下谷
不忍池
湯島
『越前屋』
明神下
『左兵衛門店』
神田川
柳原
両国広小路
浅草寺
雷門
蔵前
今戸
向島
押上村
隅田川
回向院
竪川
横川
小名木川
日本橋
常磐橋御門
八丁堀
鉄砲洲稲荷
『源兵衛店』
木挽町
松平出雲守の中屋敷
深川佐賀町
『三国屋』
永代橋
深川
永代寺
門前仲町

「春嵐」の舞台

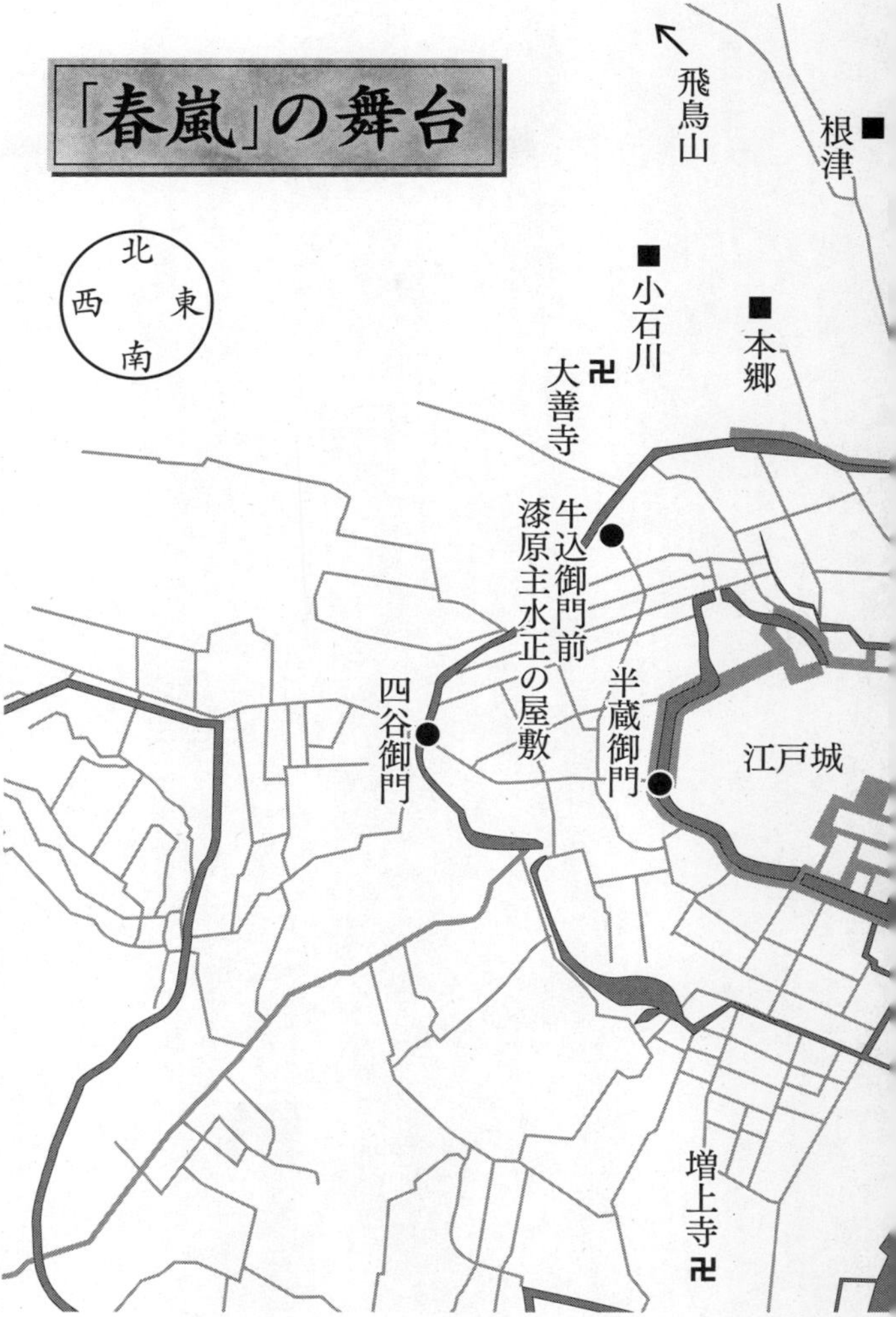
北
西
東
南
飛鳥山
根津
小石川
本郷
大善寺
牛込御門前
漆原主水正の屋敷
半蔵御門
四谷御門
江戸城
増上寺

序章

茜色《あかね》に染まっていた西の空もいつしか暗くなっていた。残暑も、日が暮れてからは勢いを失い、草むらでは虫が鳴きだし、福井《ふくい》城下を貫流する足羽《あすわ》川のほとりにある料理屋の軒行灯《のきあんどん》に明かりが灯った。

料理屋の門前に止まった駕籠《かご》から国家老のひとり河津《かわづ》綱右衛門《つなえもん》が下り立った。苦み走った顔だが、ややつり上がった目はいつもひとを見下すように冷たく光っている。三十半ばとまだ若いが、藩の重役の中では一番の実力者であった。河津家は代々国家老を務めている。

綱右衛門が玄関に入ると、うりざね顔の女将《おかみ》が迎えた。

「お待ちでございます」

「うむ」

微《かす》かに顎《あご》を引き、綱右衛門は女将に大刀を預け、梯子《はしご》段を上がった。

二階の奥の座敷に、三国湊《みくにみなと》の北前《きたまえ》船主の三国屋善兵衛《ぜんべえ》が待っていた。

日本海の西廻り航路は松前《まつまえ》、奥羽《おうう》、北陸の北国から赤間《あかま》（下関《しものせき》）を通って大坂《おおさか》とを結んでいる。三国湊からは米や菜種油などが船に積まれて行く。

三国屋善兵衛は船主であるとともに、倉庫業も営み、豪商のひとりとして数えられている。

善兵衛は綱右衛門より年長で、四十歳であった。

「ご家老。ようおいでくださいました」

善兵衛が平伏して言う。

「三国屋の誘いなら、なにをおいても馳《は》せ参じる」

綱右衛門は鷹揚《おうよう》に応じる。

「恐れ入ります」

善兵衛は再び、頭を下げた。

綱右衛門は七年前に父のあとを継ぎ、善兵衛も同じ年に、三国湊でもっとも大きな廻船問屋である越田惣右衛門《こしだそうえもん》の手代《てだい》から独り立ちしたのである。

その後、善兵衛はわずか数年で、店を大きくした。綱右衛門にうまく取り入り、藩御用達《ごようたし》になったことが、今日の成功をもたらしたともいえる。

酒膳が運ばれて来た。

「さあ、どうぞ」

女将が綱右衛門に酌《しゃく》をする。

善兵衛には仲居が酒を注いだ。

「湊のほうはどうだ?」

一口すってから、綱右衛門がきいた。

「はい。荷は順調に来ております」

「そなたたちの懐《ふところ》だけが潤《うるお》っているようだの」

「ご冗談を。私どもの商売も厳しゅうございますよ」

「そうかな。そなたの店も、どんどん大きくなっておる」

「まだまだでございます」

当たり障《さわ》りのない話をしているが、きょうは単なる息抜きではない。

「女将。しばらく座を外してくれまいか。まず、話を終えてからゆるりと呑むことに」

頃合いを見計らったように、善兵衛がにこやかな顔で言った。

「わかりました。では」

女将は仲居に目配せし、座敷を出て行った。

襖《ふすま》が閉まったのを確かめてから、善兵衛が真顔になって、

「綱右衛門さま」

と、呼んだ。

ふたりきりになると、ふたりは名前で呼び合う。

「先日の件ですが」

「うむ」

綱右衛門は顔を引き締めた。この件での呼び出しだとはわかっていた。

福井松平《まつだいら》家の財政は窮乏《きゆうぼう》していた。そのために、家臣の俸禄《ほうろく》から一部を借り上げる借米が毎年行なわれ、大坂の豪商からの借入金も莫大なものになっている。

さらに、福井松平家は過去に苦い経験があった。領民に多額の御用金を課したところ、そのことに反発した町方の者が徒党を組み、在方の百姓も立ち上がり、御用商人たちへの打ち壊しがはじまったのだ。

この一揆《いっき》により、藩は御用金の撤回と年貢《ねんぐ》負担の軽減などの条件を呑まざるを得なくなった。

そういう過去があるので、領内で御用金を課して資金を調達することもままならなかった。よい思案がないままずるずる日が経ち、ついに、江戸詰の重臣から御用金一万両の要求が来たのである。

参勤交代のお国入りの費用と、借財の返済金であるという。藩主は能が趣味で、その上に派手好き。奥方も浪費癖《へき》があり、江戸の豪商から相当な借金があった。そのため、新たな融通を求めたが、拒否されたという。

藩にとって最大の御用達である三国湊の廻船問屋越田惣右衛門らに申し入れても、すでにこれまでに十数万両という借金があり、話し合いは難航していた。

そこで、綱右衛門が善兵衛に相談したのである。

その返事をしようというのだ。

「あれからさんざん工面をしてみましたが、いくら捻出しても、三千両にも足りません」

「三千両か。焼け石に水だな」

綱右衛門は自嘲したが、すぐに、

「だが、そなたの顔つき。何か腹案があるのではないか」

と、善兵衛の顔を睨《にら》み付けた。

「恐れ入ります。が、綱右衛門さまのお言葉なれど、うまい案などありませぬ。こうなっては最後の頼みは、ご公儀にお願いするしかございません」

「それは無理だ。以前にも、請願して大坂の東西両奉行を動かし、大坂の豪商たちに交渉してもらったが、実現しなかった」

綱右衛門は渋い顔をした。

「いえ、ご公儀からお借りするのです」

「公儀からだと？　それはなお難しい」

善兵衛のことだから、もっとよい案をひねり出したかと思ったが、この程度だったかと、綱右衛門は落胆するしかなかった。

「しかし、御当家は将軍家とは深いつながりがあるお家柄。窮乏を訴えれば、きっとご老中さまもお聞き届けでは」

藩祖は家康《いえやす》の次男、結城秀康《ゆうきひでやす》である。つまり、徳川《とくがわ》家の親藩である。

「無理だ」

綱右衛門が冷ややかに言う。

「ほんとうに、そうでございましょうか」

善兵衛の目が鈍く光った。

「なにか方策があると申すか」

綱右衛門は善兵衛を睨み付けた。

この善兵衛、わずか数年で豪商のひとりに名を連ねるようになった。そのことでもわかるように、ときには強引な、そして人の道から外れた商売をしてきた。利益を上げるためには、手段をも選ばないのだ。

「ご老中の松平出雲守《いずものかみ》さまは我が藩に好意的な御方と承《うけたまわ》っております」

善兵衛はにこやかに言う。

松平出雲守は三河松平家七万石の領主である。

「それとこれとは別だ。いくら、好意的だといっても、そこまでしてくれるものか」

「では、そのように仕向けたらいかがでしょうか」

「なに？」

「江戸の兄の報告によりますと、出雲守さまは綾乃《あやの》という側室をたいそうご寵愛《ちょうあい》のようでございます」

善兵衛の兄は春右衛門《しゅんえもん》と言い、深川佐賀町《ふかがわさがちょう》で海産物問屋『三国屋』を営んでいる。

「それがどうした？」

あまり気乗りせず、綱右衛門は先を促《うなが》した。

「この綾乃の方はかなり奢侈《しゃし》な暮らしをなさっているとか」

「端的に申せ」

「これは失礼いたしました。この綾乃の方に付け届けをし、出雲守さまに口利きをしていただくのでございます」

「ばかな。そんなことで話が通れば、苦労はない」

善兵衛は膝を進め、

「この綾乃の方は香をたしなみ、ことに伽羅《きゃら》が好みとか。なかでも都霞《みやこかすみ》にいたくご執心とのこと」

善兵衛が話題を変えた。

「都霞？」

「はい。一本の伽羅の香木からとった木に、有名なのが四つ。初音《はつね》、白菊《しらぎく》、藤袴《ふじばかま》、柴舟《しばふね》……」

「確か、柴舟は仙台伊達《せんだいだて》公が所持せしものと聞いたことがあるが」

綱右衛門は思い出して言う。

「はい、さようでございます。藤袴は帝《みかど》が所持しているとのこと」

「で、都霞とは？」

「じつは、先の四つがあまりにも有名なために、影が薄いようでございますが、都霞というもうひとつの伽羅の香木がございます。いま、これを所持しているのは、さる高貴な女御《にようご》さまでございます」

「ばかな。綾乃の方が都霞を望んだとしても、そんなところにあったのでは手が届かぬではないか」

「ところが、その女御さまはお金にお困りで、酒田《さかた》の豪商に売ることになったのです」

「それでは、我らの手に入らぬではないか」

「そのとおりでございますが……」

「善兵衛。なにを考えておる？」

しばらく間を置いてから、善兵衛は言った。

「綾乃の方に都霞を献上いたします。さらに出雲守さまに三千両の金をお渡しするのです。その上で、十万両の借り入れを」

「善兵衛。いい加減にせい」

綱右衛門はあきれたように口をはさんだ。

「都霞は酒田の豪商に売られたと言ったばかりではないか。その上、三千両もの金などこにある」

「そのことはさておき、いま私が申し上げたことはいかがでありましょうか。三千両と都霞があれば、きっと、出雲守さまはご公儀に口利きをしてくださると思いますが」

「くだらん。絵に描いた餅《もち》だ」

綱右衛門は夢物語にはつきあいきれぬという顔でいう。

しかし、善兵衛は真顔で続けた。

「それが、都霞を手に入れる手立てがございます」

「酒田の豪商から買い求めるのか」

「いいえ、売ってはくれますまい」

「では、どうするのだ？」

「はい」

善兵衛は会心の笑みを浮かべ、

「もはや、ご公儀から十万両を借り受けるしか、この事態を乗り越える術《すべ》がありませぬ。天は我らに味方をしてくれました。あとは、綱右衛門さまのご決断次第」

「善兵衛。もったいぶるな」

「はっ」

「どうやって手に入れるのだ？　それを聞かせろ」

綱右衛門は気が急《せ》いてきく。

「はい」

善兵衛はすぐに口を開こうとしなかった。

しばらくしてから、善兵衛はおもむろに切り出した。その話を、綱右衛門は強張《こわば》った表情できいた。

「なんと……」

聞き終えて、綱右衛門は溜め息混じりに呟《つぶや》いた。

「もちろん、その一部は綱右衛門さまの懐にも。そして、私にも」

啞然《あぜん》として、綱右衛門は善兵衛の顔を見た。

話し合いの中身とは違って、初秋のさわやかな夜風が開け放たれた窓から入って来た。

第一章　藩命

一

正月二十日、朝から強風が吹き荒れていた。江戸はこのひと月以上も雨が降らず、空気がからからに乾いていた。

夜になっても、乾《いぬい》（北西）の風は収まらない。紙屑が舞い、洗濯物が宙を飛び、道の真ん中に桶《おけ》が転がって来た。

砂塵《さじん》が舞うたびに、立ち止まっては手で目をおおう。

「なんという天気でしょうか」

同心の礒島源太郎《いそじまげんたろう》が閉口したように言う。

もうひとりの同心の只野平四郎《ただのへいしろう》が一陣の風が去ってから、

「久しぶりの凄《すさ》まじい風ですね」

と、目をこすりながら言う。

「こういう日こそ、我らの出番だ」

風烈廻《ふうれつまわ》り与力の青柳剣一郎《あおやぎけんいちろう》は同心の礒島源太郎と只野平四郎のふたりを従え、町の巡回に出ていた。

これまでに江戸の大半を焼失する火事は何度か起きている。その中で、もっとも大きかったのが俗に『振り袖火事』といわれる明暦《めいれき》の大火だ。

その明暦の大火の教訓を生かし、各地に火除け地を作ったり、旗本の定火消が作られたりしたが、それでもひとたび火災が起これば、たくさんの町が炎に包まれる。

江戸の町は町家が密集しており、強風でも吹けば、あっという間に燃え広がってしまうのだ。

今夜は武家屋敷でも旗本の定火消や大名の大名火消が出て警戒に当たっている。

町家では町火消だけでなく、各町内の若者たちを中心に自警団を作って見廻りをし、自身番の脇にある火の見櫓《やぐら》には見張りをふたりも立たせていた。

このように風の強い日は武家屋敷でも蠟燭《ろうそく》などの使用は禁じられており、町家でも火気を自粛《じしゆく》している。そのため明かりが乏《とぼ》しく、江戸の町は深夜のような闇の中にあった。

だが、火事の原因は失火だけではない。付け火が意外と多いのだ。

付け火をするのは燃える炎に興奮する輩《やから》やひとが騒ぐのを喜ぶ輩などもいようが、火事のどさくさに紛れて盗みを働こうとする者も多かった。さらに、江戸には長屋住まいの独り身の男が多く、財産もないから火事で焼け出されることはまったく怖くない。火事のあとは家を建て替え、新たに家財道具を買い求めるなど、復興作業で仕事が増え、物は売れる。その狙いから付け火をする不心得者までもいるのだ。

それらの取り締まりも風烈廻りの仕事だった。

したがって、不審な人間を見つけたらただちに声をかけなければならない。これまでにも、挙動不審な男に声をかけたところ、火打ち石と油の染みた布を隠し持っていたということは何度もあった。

したがって、剣一郎たちは獲物を見つける狼《おおかみ》のような目で辺りに注意を払っているのだ。しかし、これほどの強風では砂塵を防ぐために手で目をおおった隙《すき》に、怪しいひと影を見失う可能性もあった。

突風が去ってから、再び歩きはじめる。いま、剣一郎たちは本郷《ほんごう》にやって来ていた。

冬場、江戸は北西の強風が吹く。本郷台から見れば、いま歩いて来た湯島《ゆしま》、神田《かんだ》、日本橋《にほんばし》方面へと風が吹いているのだ。

まさに、明暦の大火のときと同じ風向きだった。そのこともあり、剣一郎たちは本郷にやって来たのだ。

だが、その頃から、だいぶ風が収まって来たようだ。まだ、いくらか強いが、最前ほどではない。

本郷菊坂台町《きくざかだいまち》に入って行くと、前方の暗がりから提灯《ちょうちん》の明かりが近づいて来た。

「青柳さま。町駕籠《かご》です。弱まったとはいえ、まだ火を使うのは危ない」

儀島源太郎が厳しい声を出した。

「うむ。注意をしておこう」

剣一郎も応じた。

駕籠が近づいて来た。提灯に記された屋号はまるに政の字。確か、本郷三丁目にある『駕籠政』だ。

「待て」

儀島源太郎と只野平四郎が駕籠の前にたちふさがった。

「あっ、これは……」

先棒の男が驚いて止まった。

「まだ、風が強い。提灯が風に飛ばされたらなんとする？」

「へい。申し訳ございません」

先棒の男は後棒の男に声をかけて、駕籠を下ろした。

先棒が提灯の火を消した。急に、足元が暗くなった。

「じゃあ、これで」

先棒が再び駕籠を担いだが、剣一郎は駕籠の客が若い女だったことが気になった。うつむいていて、具合が悪そうだ。

「ちょっと待て」

再び、駕籠を止めさせた。

剣一郎は駕籠を覗《のぞ》き、

「私は南町の青柳剣一郎と申す。そなたの名は？」

と、若い女にきいた。ふくよかだが、形のよい眉《まゆ》で、鼻筋が通っている。二十歳《はたち》前後か。微かに酒の匂いがした。が、どことなく怯《おび》えた表情だ。

「はい。せつと申します」

震えを帯びた声だ。

「出たほうがよろしいでしょうか」

おせつは必要以上に怯えている。

「よい。そのままで」

と制して、さらにきいた。

「具合が悪そうだが？」

「いえ、だいじょうぶでございます」

「どこまで帰るのだな」

「はい。明神下《みょうじんした》です」

硬い声で答える。

「どこぞの帰りか」

「は、はい。ちょっと、知り合いのところに」

おせつは言葉を濁《にご》した。

八丁堀《はっちょうぼり》の与力に呼び止められたことで緊張しているのかもしれない。酒を呑んでいるようなので、悪酔いしたのか。それにしては怯えた様子が気になる。しかし、それ以上問いただす理由もなかった。

「気をつけて帰るがよい」

「ありがとうございます」

おせつは軽く頭を下げた。

「よし。行ってよいぞ」

剣一郎が駕籠かきに言うと、駕籠かきはすぐに駕籠を担いだ。

駕籠を見送りながら、剣一郎はいまの娘がどこから来たのか気になった。若い女がこの時間までどこにいたのか。

この先は町家が続き、さらに武家屋敷になる。

「青柳さま。何かご不審でも?」

只野平四郎がきいた。

「いや、そうではないが」

剣一郎は駕籠がやって来たほうに向かった。

おせつは知り合いだと答えたが、あのときの表情からはほんとうのことを言ったとは思えない。

あるいは、男の家に行っていたので、言い出しづらかったのかもしれないが……。

その後、剣一郎は小石川片町《こいしかわかたまち》から白山権現《はくさんごんげん》前を抜け、千駄木《せんだぎ》から根津《ねづ》権現前へ、そして、途中、自身番で休憩をとりながら、下谷《したや》までやって来た。

とうに子《ね》の刻（午前零時《れいじ》）を過ぎていた。その頃、ようやく、風も収まって来た。

三日後の朝。非番の日だったが、剣一郎は雀のさえずりで目を覚ました。夜が明けるか明けないかという刻限で、外に出るとまだ薄暗かった。

空気はひんやりするが、ひところの寒さに比べたらはるかにいい。

庭の井戸で顔を洗っていると、剣之助《けんのすけ》がやって来た。

「父上。おはようございます」

「うむ。早いではないか」

剣之助はすでに衣服を整えており、ずいぶん早く起きていたようだ。

「志乃《しの》が早いので、つられて起きてしまいました」

剣之助が苦笑して言う。

「そうか。わしもそうだったな」

剣一郎は多恵《たえ》と所帯を持った頃のことを思い出した。

剣之助が酒田から帰り、はや三月《みつき》になる。再び、奉行所に出仕することが出来た。もちろん、見習い身分であるが、親子で奉行所勤めが出来る喜びをひそかに味わっていた。

「志乃は母上とうまくやっているようか」

剣一郎は小声できいた。

「はい。心配いりません」

「それならよいが、母上もあれでなかなか厳しいからな」

「いえ、志乃も強い女子《おなご》ですから」

「女は子を産むと、さらに強くなるものだ」

「母上もそうでしたか」

「そうだ。そなたを産んでからは、まるで世の中に怖いものはなくなったかのようだった」

「覚悟をしておきましょう」

そこに、若党の勘助《かんすけ》がやって来た。

野州佐野《やしゅうさの》の百姓の三男で、侍になりたいと江戸に出てきて、青柳家の若党になった男だ。若党は武士身分ではあるが、正式な武士ではなく、奉公をやめれば武士身分ではなくなる。

「旦那さま。剣之助さま。声が台所まで筒抜けにございますよ」

勘助が注意をした。

「なに、ほんとうか」

剣一郎はあわてた。

「奥方とお志乃さまは、お座敷のほうでございますからご安心を」

「そうか。剣之助。これからは気をつけて話さねばな」

「はい」

剣之助は素直に答えた。

わが子ながら、剣之助はよく出来た子だと思う。だが、どうも出来すぎのようなところがある。

もっと破天荒《はてんこう》なところがあってもよいような気がするのだ。いや、確かに、婚約の調《ととの》った志乃を奪い、長い間、庄内《しょうない》の酒田まで逃げていたことをみれば、大胆な性格にも思える。だが、その行動のひとつひとつをとっても、理に適《かな》っているのだ。

そう、剣之助は若いくせに達観しすぎている感がある。自分の若い頃と比べても、剣之助のほうがはるかにおとなだ。

最初から長男として生まれた剣之助と、次男の部屋住で、将来に希望を持てなかった剣一郎とでは置かれた環境が違ったということはあるが、あまりに早く老成したような剣之助の言動は逆に心配になることがある。

一方の自分はといえば、剣之助と同じ年齢の頃、人には言えぬ鬱屈《うつくつ》を抱えて日々を過ごしていたのだった。

あれは剣一郎が十六歳のときだった。兄と外出した帰り、ある商家から引き上げる強盗一味と出くわしたのである。

与力見習いの兄は敢然《かんぜん》と強盗一味に立ち向かって行ったのだが、剣一郎は真剣を目《ま》の当たりにして足がすくんでしまった。

三人まで強盗を斃《たお》した兄は四人目の男に足を斬られ、うずくまった。兄の危機に、剣一郎は助けに行くことが出来なかった。

兄が斬られてはじめて剣一郎は逆上し、強盗に斬りかかったのだ。

あのとき、剣一郎がすぐに助けに入っていれば、兄が死ぬようなことはなかったのだ。

その後悔が剣一郎に重くのしかかった。

兄が死んだために、剣一郎は青柳家の跡を継いだ。だが、兄を見殺しにしたという自責の念を抱えたままだった。そんなときに押し込み事件に出くわしたのだ。剣一郎は半ば自暴自棄に単身で乗りこみ、賊《ぞく》を全員退治した。そのとき頬《ほお》に受けた傷は青痣として残ったが、その青痣は決して勇気と強さの象徴というわけではない。

「あっ、志乃が呼んでいます。では、父上」

剣之助の声で、剣一郎は我に返った。

去っていく剣之助の後ろ姿は一段と大きく、そしてたのもしく剣一郎の目に映った。

非番のこの日、午後になって、剣一郎は深編笠《ふかあみがさ》をかぶって屋敷を出た。剣之助はとうに奉行所に出仕し、座敷では多恵が志乃に与力の奥方の務めとはなんたるかを教えているようだった。

「行ってらっしゃいまし」

若党の勘助が門まで見送りに来た。

きょうは穏やかな日和《ひより》である。日本橋を渡り、神田須田町《すだちょう》から八辻《やつじ》ヶ原《はら》を突っ切り、剣一郎は昌平橋《しょうへいばし》を渡った。

おせつという女の怯えた表情が気になるのだ。あのような時間、なぜ、若い女がひとりで帰るのか。

知り合いなら、そんな時間に帰すのをためらうのではないか。あるいは、好きな男のところに行ったが喧嘩《けんか》別れをして、男の家を飛び出した。その途中で、空駕籠を拾ったのかもしれない。

それならそれでいい。それだけでも、確かめたいと思った。

昌平坂を上がり、本郷通りを行く。しかし、あの怯えた表情は男と喧嘩したためとは思えない。

本郷三丁目に『駕籠政』の看板が見えて来た。

店先に駕籠が二丁止まっていた。笠をとり、剣一郎は間口の広い土間に入った。すぐ女将らしき女が出て来た。

「あら、青痣の……」

女将は左頰の青痣を見て言った。

「ちょっとききたいことがあるのだ」

「なんでございましょうか」

女将は不安そうな顔をした。

「三日前の風の強かった夜のことだ。本郷菊坂台町付近から明神下まで若い女を乗せた駕籠かきに会いたい」

板敷きの間にたむろしているたくましい体つきの男たちの中には、そのときの男はいないようだった。

「誰だったかねえ」

女将は男たちにきいてから、剣一郎に顔を戻した。

「あいにく、いま出ておりますが」

女将は怪訝《けげん》そうに、

「あの者たちが何か」

「若い女をどこから乗せたかききたかったのだ」

「ああ、そのことですか」

女将は笑みを浮かべた。

「知っているのか」

「はい。小石川片町にある大善寺《だいぜんじ》山門です」

「大善寺山門？」

「はい。大善寺山門の前に女がいる。明神下まで運んで欲しいということでした」

山門の前に立っているというのはどういうわけなのか。大善寺を訪れたのなら、駕籠が来るまで庫裏《くり》ででも待っていればよいはずだ。

「あの夜、男のひとがやって来て、大善寺山門に駕籠をまわしてくれないかと言いに来たんです」

「どんな男だ？」

「二十五、六の遊び人ふうの男でした」

「で、明神下のどこに運んだのだ？」

「駕籠が戻って来てきいたら、明神下の左兵衛門店《さへえもんだな》だと言ってました」

「どうして、運んだ先まできいたのだ？」

「風の強い日だったので、帰ってきたふたりにごくろうさまって声をかけたんですよ。そんとき、明神下の左兵衛門店までだったので助かったと言っていたんです」

「遠くではなかったという意味か」

「はい」

「あいわかった」

「よろしいのでしょうか」

女将が不思議そうにきいた。

「うむ。確かめたかっただけだ」

お屋敷奉公をしている女が実家に帰っただけだったのかもしれない。怯えたような表情に思えたのも、こっちの気のせいだったか。

「邪魔したな」

剣一郎は外に出ると、笠を被り、今度は本郷通りを逆にたどった。

明神下のおせっかいに会ってみようかとも思ったが、そこまですることはあるまいと思い、そのまま昌平橋を渡った。

それから須田町に向かいかけたとき、土手のほうが騒がしいことに気づいた。

須田町のほうから定町廻り同心の植村京之進《うえむらきょうのしん》が駆けてくるのに出会った。

「京之進、どうした？」

笠を上げ、顔を見せた。

「あっ、青柳さま」

「まさか、また死体が見つかったのではないだろうな」

いつぞやも、このようなことがあったことを思い出して、剣一郎はきいたのだ。

「そのとおりでございます。若い女です」

「若い女？」

とっさに思い浮かべたのは、おせつのことだった。

「京之進、私も行く」

剣一郎は京之進といっしょに走った。

死体が見つかったのは、筋違御門《すじかいごもん》から東へ一町（約一〇九メートル）ほど行った柳原《やなぎわら》の土手下の草むらの中だった。

女は荒縄で結わかれた菰《こも》に包まれていた。その両端から髪の毛と裸の足が出ていた。京之進の指示により、小者たちの手で、死体は菰から出された。

悪臭が漂《ただよ》った。死体は腐敗がはじまっていた。女は裸で、襦袢《じゅばん》をかけられていた。大柄で、豊満な女だった。

「どうやら、死後、数日経っているようですね」

京之進が鼻を押さえながら言う。

「うむ。死後二、三日ってところか」

きょうが二十三日だから、死んだのは二十日か二十一日ごろだ。

髷《まげ》は崩《くず》れ、ほつれ毛は口にかかっている。若い女だが、おせつではなかった。見事な乳房がまるで生きているようだ。

女の体にはあちこちに青い痣のようなものがあった。殴られたような跡ではない。なにかがぶつかったのか、引っかき傷も何か所かにある。裸足《はだし》なのは、どこか屋内で死んだということか。

外見からは殺されたのかどうかわからない。毒を呑んだ形跡もない。病死の可能性もある。それなのに、菰に巻かれて棄《す》てられた。

「病死かもしれない。医者にみせたほうがいい。あるいは、体のどこかに致命傷があるかもしれないが」

剣一郎は小首を傾げ、

「いずれにしろ、こんなところに死体を遺棄したことは許せない」

「はい」

「ここまで運んで来たのはひとりではあるまい」

「はい。大柄な女ですからひとりでは無理です。身元がわかれば、棄てた者の手掛かりはすぐわかるかと思います」

京之進は長年の勘で自信を持った言い方だった。京之進の言うとおりだ。身元さえわかれば、この女がどこに行っていたかわかるはずだ。

「もし、病死だとしたら、医者を呼んだ可能性もある。若い女を診察したか、調べてみたほうがいい」

「わかりました」

「それと、ここまで死体を運んで来た者を見たものがいるやもしれぬ。目撃者を捜すのだ。また、この周辺に何か手掛かりが落ちているかもしれない」

剣一郎は出来るだけたくさんの証拠を集めるように言った。

「わかりました」

この京之進は剣一郎にもっとも畏敬《いけい》の念を抱いている者のひとりだ。青痣の謂《い》われである、押し込み犯の中に単身で乗り込んだ勇気に心を打たれたらしい。

事件の探索は定町廻り同心の役目であり、与力が直《じか》に携《たずさ》わることはない。だが、これまでにも、剣一郎は年番方与力の宇野清左衛門《うのせいざえもん》から難事件については特に定町廻り同心に手を貸すように頼まれ、その期待に応えてきた。

そんな剣一郎に、京之進はますます傾倒しているのだ。

「では、あとを頼む」

そう言い残し、剣一郎は土手をあとにした。

二

一月二十四日、北国の春は遅い。福井城下に水ぬるむ季節の到来は、もうしばらく先だ。

小谷郁太郎《こたにいくたろう》は道場の帰り、朋輩《ほうばい》の左右田淳平《そうだじゅんぺい》とともに足羽川にかかる九十九橋《つくもばし》を渡って橋南の地区にやって来た。愛宕山《あたごやま》の麓《ふもと》である。

ここに常設の芝居小屋があり、賑《にぎ》わいを見せていた。が、ふたりの目的は芝居見物ではなく、その向こうにある盛り場だった。

そこに、安く酒を呑ませ、場を盛り上げてくれる女のいる呑み屋がある。器量はよくないが、楽しいのだ。そうした店にたまに行くのが唯一の気晴らしだった。

「ちょっと、どんな芝居をやっているか、前を通ってみないか」

郁太郎が淳平に言う。

「そんなのいい。それより、早く行こうではないか」

久しぶりなので、淳平の心はすでに女に向かっていた。

ふたりは二十二歳で、独り身だった。福井藩の大番組に属する下級武士である身には妻帯など及びもつかなかった。

藩財政の困窮のために、家臣の俸禄は持ち高に応じて減らされているのだ。上士や中士ほどでなくても下士である郁太郎は三十俵取りだったのが、今は二十五俵に減らされていた。これでは妻子など養えない。

「逃げはせぬよ」

郁太郎は言う。

「しょうがないな」

淳平はぼやきながら、郁太郎のあとについて来た。

芝居小屋の前にやって来たとき、ひとだかりがしていた。なにがあったのかと思っていると、喧嘩のようだった。

「どうする？」

淳平が顔をしかめてきいた。

「どんな奴らだか、見てみるか」

退屈しのぎにいいと、郁太郎は騒ぎのするほうに行った。

ひとだかりをかき分けて行くと、喧嘩の主は武士だった。

「あれは立木《たちき》さんじゃないか」

郁太郎が驚いて言う。

「なに、あっ、立木さんだ」

大番組の藩士立木市九郎《いちくろう》だった。

そして、相手は下目付の仙田文之進《せんだぶんのしん》だ。大目付の下役で、藩士の素行を見張る役の仙田文之進が市九郎に詰め寄っていた。

「なぜ、答えぬ」

仙田文之進が怒鳴る。

「ひらに、ご容赦を」

市九郎が腰を折り、必死に謝っている。

「なにがあったんだ？」

郁太郎はそばにいた町人にきいた。

「なんだかわからねえんで。ただ、顔を合わせたとたん、あのお侍が怒りだしたみたいです」

「どういうことだ」

郁太郎は淳平と顔を見合わせた。役儀のことなら、このような往来で騒ぎはしないだろう。

「ええい、それでも武士か」

文之進が息巻いている。なぜ、あのように怒っているのか。

市九郎が懸命に堪《こら》えているのがわかった。

止めに出て行きたいが、下目付では相手が悪い。文之進が激しく市九郎をなじった。

「勝手にお役目を投げ出し、女と遊びに行っただと。それでも貴様は武士か」

「お許しを。このとおりです」

市九郎はいきなり腰から刀を外し、右手に持ち替えて膝をついた。

「どうか、お許しを」

市九郎はとうとう土下座をした。

「このひとでなし」

ぺっと、文之進は唾《つば》を吐いた。顔をよけたが、市九郎の肩にべたっとへばりついた。それでも、じっと市九郎は耐えている。

市九郎は道場でも師範代が勤まる腕前だ。その気になれば、市九郎のほうが強いだろうが、いかんせん相手は下目付だ。逆らうことは出来ない。

「よいか。もう二度と勝手な振る舞いは許さん」

今度は足蹴《あしげ》にした。市九郎は横に倒れた。無様な格好だった。

ようやく文之進は怒りを収め、その場を離れた。野次馬がさっとふたつに割れた。

郁太郎と淳平はあわてて顔を隠した。

市九郎が凄まじい目で文之進の背中を睨み付けていた。


翌日、桜御門の警護の役を遅番と交替し、郁太郎は本町の町家を抜けた。

堀の内には中士以上の武士の屋敷があるが、下級武士の組長屋は町家の外側に並んでいた。

城下町を抜けて、組長屋に帰って来た。

「ただいま帰りました」

戸を開けて、郁太郎が声をかけると、奥から「お帰りなさい」と母の声が聞こえた。

父は数年前に亡くなり、いまは母とふたり暮らしである。

「母上。外は気持ちようございます。少し、散策いたしませぬか」

郁太郎は母を誘った。数年前から母は目が不自由になり、いまではほとんど見えなくなっていた。父の看病疲れと、栄養失調が祟《たた》ったのかもしれない。自分は犠牲になっても、父や郁太郎のために尽くして来たのだ。

ひとりでは外には出られない。だからたまに、郁太郎は母の手をとり、外に連れ出すのだ。

「ありがとう。でも、心配いりませんよ。さっき、久恵《ひさえ》さんに連れて行っていただきました」

「えっ、そうですか」

「ええ、河原の風がとても気持ちようございました」

「それはよかった」

久恵は隣家の波田作右衛門《はださくえもん》の娘だ。それほど美人というわけではないが、大きな目が愛らしく、気立てがよいので、誰からも好かれるのだった。

「よく連れて行っていただくのですよ。久恵さんがあなたの……」

母が言い差した。

郁太郎はどきっとした。母の言わんとしたことに気づいたのだ。久恵どのがあなたの嫁になってくれたらと言いたかったに違いない。

郁太郎は聞こえぬ振りをして桶に水を汲んだ。小窓から隣家のほうを見ると、久恵の姿が目に飛び込んだ。

ふっくらしていた頬も最近はほっそりとし、すっかり大人びていた。

すぐに久恵の姿は視界から消えた。

やがて、戸口に久恵が立った。

「ごめんください」

郁太郎は急いで出て行き、

「やあ」

と、ぶっきらぼうに挨拶《あいさつ》した。

「お帰りでしたか。ちょうどよかった。これ、私が作ったのですけど、よろしかったらお召し上がりください」

久恵は郁太郎に器に盛ったものを差し出した。

「これは、大根の煮つけ。おいしそうだ」

郁太郎は必要以上に大きな声を出したのは、照れ隠しであった。たったいま、口に出さずとも、嫁にという母の気持ちを知ったばかりだったので、久恵がいつになくまぶしく思えたのだ。

「久恵さん。いつもすみませんねえ」

奥から、母が声をかけた。

「いえ、おばさま。いつでも、ごいっしょしますわ」

久恵が明るい声で応じた。

「それでは私はこれで」

「あっ」

郁太郎はあわてて呼び止めた。

振り向いた久恵の顔を見て、郁太郎は胸が高鳴った。

「母をいつもありがとう」

郁太郎は固くなって言った。

「いえ、私でしたらいつでもかまいませんことよ」

久恵は帰って行った。

久恵のところは両親と弟がいる。いずれ、弟が家を継ぎ、久恵は嫁に行く身だった。

父親の作右衛門の本音は久恵を上士の家に嫁がせたいらしい。郁太郎のような貧乏武士のところには嫁にやりたくないと思うのは当然だろう。

そう思うと、高鳴った胸も、急に冷えていった。

母とふたりで夕飯をとる。目が不自由ながら母が米をとぎ、ご飯を炊いている。勘を頼りに、竈《かまど》で火を使うことも出来る。

久恵にもらった大根の煮つけとお新香で夕飯をとった。

食後、母は壁づたいに流しに行き、器を洗いはじめた。

そのとき、戸を叩く者がいた。

「郁太郎。いるか」

その声とともに戸が開き、左右田淳平が顔を出した。

「おう、淳平。珍しいな」

郁太郎は立ち上がった。

「これはお母上どの。夜分、恐れ入ります」

淳平は母に挨拶をした。

「いつも郁太郎がお世話になっております」

「とんでもない。世話になっているのは私のほうです」

淳平は如才《じょさい》なく言ったあと、真剣な顔つきになって、

「ちょっといいか」

と、郁太郎を外に誘った。

郁太郎は頷《うなず》き、

「母上、ちょっと外に出て来ます」

と声をかけ、淳平のあとを追った。

すぐ近くの寺の境内《けいだい》に入った。暗い境内にひと影はない。

「淳平、何かあったのか」

「たいへんなことになった。立木さんが仙田文之進さまを斬り、出奔《しゅっぽん》したらしい」

「なんだって、立木さんが？」

立木市九郎のことだ。

前日の騒ぎを思い出した。仙田文之進が立木市九郎をさんざんいたぶっていたのだ。市九郎は屈辱的な土下座までさせられ、あげく唾をかけられた。

あの騒ぎの原因はわからないが、市九郎はよほど悔しかったのだろうか。

「で、仙田さまは？」

「落命したとのこと」

「そうか」

これからどうなるのだろうと、郁太郎はひとごととは思えず不安になった。

翌日、だいたいのことがわかって来た。次々と朋輩が噂《うわさ》を聞き込んで来るのだ。はじめはいろんな情報が錯綜《さくそう》していたが、夕方になったころにはほぼある事実に絞られてきた。

それによると、結局は女のことだったようだ。徒士頭島村加兵衛《しまむらかへえ》の娘に玉枝《たまえ》という美しい女子がいた。玉枝に、文之進が懸想《けそう》をした。

ある日、文之進は寺参りから帰る玉枝にばったり会い、執拗《しつよう》に料理屋に誘った。しきりに断る玉枝を、文之進は強引に連れ込もうとした。

そこに通り掛かったのが、市九郎だった。市九郎は文之進をたしなめた。その後、市九郎が玉枝と親しくなったのが面白くなく、何かと市九郎に当たるようになったのだという。市九郎はじっと耐えた。

あの日、市九郎は菩提《ぼだい》寺の参拝の帰りに芝居小屋の前にさしかかったところで、文之進に出会った。

文之進はその先にある遊廓に行くところだったという。家中の者が派手に遊んでいないか様子を見るためだった。が、途中で、市九郎に出会い、むらむらと怒りが込み上げて来たらしい。

いきなり難癖をつけ出した。市九郎は相手にならないように無視して行き過ぎようとした。そのことが怒りに火をつけたのだ。

猛然と市九郎をののしりはじめた。

その場はじっと耐えた市九郎だったが、あとから文之進を斬り捨てたという。

郁太郎は信じられなかった。いくら、屈辱を受けたとしても、じっと耐える。まさに、土下座して嵐の過ぎ去るのを待ったように、市九郎は強靱《きょうじん》な心の持ち主だと思っていたのだ。

それより、仙田文之進の玉枝に対する懸想も信じられない。文之進は女が嫌いなのではないかという噂を聞いていたからだ。

もっとも、あくまでも噂だけだが……。

自分とは無関係だと思っていたこの事件が、郁太郎の身に降りかかって来たのは翌日の夕方のことだった。

引き継ぎの時間になり、桜御門の警護を切り上げると、それを待っていたように上役の大番組頭田村金兵衛《たむらきんべえ》が呼びに来た。

「小谷、ちょっと来い」

「はい」

郁太郎が田村金兵衛のあとについて行くと、向かったのは家老の河津綱右衛門の屋敷だった。

不審に思って、郁太郎は立ち止まった。

「あの、ほんとうに私なのでしょうか」

誰かほかの者を呼んだのを、ひと違いしたのではないかと気にしたのだ。

「おぬしに間違いない。さあ」

家老の屋敷に入ると、老練の武士が待っていた。

「これへ」

気難しい顔をした武士は枝折《しお》り戸を押し、中庭に入って行った。

金兵衛とともに奥に向かう。

障子の開けはなたれた座敷に、家老の綱右衛門が座っていた。

「御家老。参りました」

老練の武士は声をかけた。

郁太郎は緊張して庭先に控えた。その横に、上役の田村金兵衛も控える。家老は書類を閉じて立ち上がった。

低頭していた郁太郎は家老が近づく気配にさらに頭を下げた。

「面《おもて》を上げよ」

腹に響くような声だ。

「はっ」

郁太郎は顔を上げた。家老が縁廊下に片膝立てて座った。

「小谷郁太郎だな」

「さようにございます」

「そなた、立木市九郎を知っているな」

「はい。丸山道場でいっしょでございます」

「うむ」

家老は頷いたあと、何も言わずに観察するように郁太郎を見た。郁太郎はなんとなく不気味だった。

どうやら、用件は市九郎がらみらしいが、なぜ自分がという思いが強い。

「そなたと、立木市九郎はどちらが強い？」

「それは立木さまです」

郁太郎は即座に答えた。

「しかし、そなたもかなりの腕と聞いたが？」

「恐れ入ります」

「もし、立ち合えば、立木市九郎に勝てるか」

はっとした。まさか、この俺が討手に……。その思いに一瞬、頭がくらっとした。

「いかがだ？」

「いえ、私など、立木さまに敵うものではありません」

「しかし、佐田《さだ》卯《う》之助《のすけ》とふたりで当たるなら十分に討つことは可能であろう。あの者も、市九郎と互角の技量だと聞いたが」

家老は鋭い目を向けた。

佐田卯之助はやはり、同じ大番組の番士で二十八歳になる。まだ独り身で、ちょっと軽薄な男だ。

「どうだ？」

「ははっ」

有無を言わさぬ威圧感に、覚えず郁太郎は頭を下げた。

「仙田文之進は独り身であり、したがって、敵討《かたきう》ちの名目は立たぬ。だが、立木市九郎が下目付を殺害し、出奔したことは許せぬ暴挙である」

家老は一段と声を高めた。

「小谷郁太郎、藩命である。ただちに佐田卯之助とともに立木市九郎を追いかけ、討ち果たせ」

「立木さまを……」

改めて口に出されると、郁太郎は目眩《めまい》を覚えた。

「立木市九郎は私闘の末に相手を斬り、逐電《ちくでん》した。その罪、軽からず。そなたたちの手にて確かに討ち果たすのだ。よいな」

「はっ」

一瞬の間を置いて答えた。間があったのは母のことを考えたからだ。目の不自由な母を残し、旅に出なければならないことにためらいがあったのだ。

「もし、立木市九郎を見事に討ち果たしたならば、そなたを中士に抜擢《ばってき》しよう」

「中士に？」

下級武士から中士に昇格できることに心が動かされた。中士になれば、波田作右衛門とて娘の久恵を自分のところに嫁にくれるのではないか。

「必ずや、ご期待に添ってごらんにいれます」

郁太郎は勇んで言った。

「頼んだ。あとのことは、追って沙汰《さた》する」

はっと低頭し、顔を上げると、すでに家老は背中を向けて立ち去っていた。

その夜、帰宅した郁太郎は母に告げた。

「母上。このたび、郁太郎は御家老より藩命を頂戴《ちょうだい》し、立木市九郎どのを討つために旅に出ることになりました」

「なんと、旅に」

一瞬、寂しそうな表情をしたが、すぐにしゃんとした厳しい顔つきで、

「母のことは心配いりませぬ。しっかりお役目を果たされてください」

と、母は気丈に言った。

「はい。もし、ことが成就すれば中士に取り立ててくださるとのことです」

「そうですか」

そのとき、乱暴に戸が開き、淳平が顔を出した。

「郁太郎」

淳平が顔を歪《ゆが》めて郁太郎を見つめた。

「なぜだ。なぜ、そなたなんだ」

淳平はやりきれないように言う。

「淳平。なにを怒っている。俺にとっちゃ出世の糸口になるかもしれないのだ。喜んでくれよ」

「だが、相手は……」

淳平の言いたいことはわかっている。立木市九郎がどこに逃げたか不明なのだ。巡り合うまで何年かかるかわからない。

敵討ちと同じだ。敵討ちの話をいくつも聞いたことがあるが、見事敵討ちに成功した例は少ない。まず、敵に巡り合うことが稀《まれ》だ。巡り合うまで何年かかるかわからない。その間に、金は尽き、そして根も尽きる。

だが、これは藩命だから路銀は出るのだ。それに、探索方が協力して探してくれることになっている。敵討ちより、はるかに条件はよい。

「淳平、俺の武運を祈ってくれ」

「郁太郎。俺はなんていっていいか……」

淳平は泣きそうな顔になった。

「まさか、俺にこんな役割がまわって来るとは思わなかった。だが、これも天命だろう。天は俺に出世をさせようとしてこのような運命に身を置かせたのだ」

郁太郎はそう自分にも言い聞かせた。

「俺が心配しているのは、佐田卯之助のことだ」

淳平が顔をしかめて、

「あのひとは酒好き、女好きで、勝手気ままなひとだという評判だ。呑み屋に通いつめているというではないか。あんな男といっしょでは苦労する」

確かに、呑み屋ではいつも呑んだくれていると噂されていた。

「でも、俺がしっかりしていれば問題はない」

郁太郎は意に介さなかった。

「また、明日出直す」

そう言い、淳平は帰って行った。

部屋に戻ると、母は仏壇の前に手を合わせて拝んでいた。

二日後の一月二十九日、小谷郁太郎は野袴《のばかま》に草鞋《わらじ》を履き、母と淳平、それに久恵に見送られ、長屋を出た。

「母上のことは心配するな。俺もちょくちょく様子を見に来る」

淳平が言う。

「どうかご無事で」

久恵が熱いまなざしで見送ってくれた。

郁太郎は路銀の大部分を財布に入れ、腹巻の奥深くにしまい込み、小銭は巾着《きんちゃく》にいれて腰につるした。薬籠や矢立て、それに道中記を持った。国名、宿場名、距離、関所、渡し船などの情報が記されている。

郁太郎は、途中、足羽川にかかる九十九橋で佐田卯之助と落ち合ってから福井を発《た》った。立木市九郎がどこへ向かったのか。若狭《わかさ》路を京まで、さらに大坂に向かったか。それとも北陸道を加賀《かが》の国に向かい、越後《えちご》に向かったか。あるいは、北陸道を逆に琵琶《びわ》湖のほうに向かい、中山道《なかせんどう》に入ったか。

当てのない旅だった。だが、佐田卯之助は市九郎は大坂だと言った。福井藩は鴻《こうの》池《いけ》や三井《みつい》といった大坂の大商人から莫大《ばくだい》な金を借りている。その借金の交渉で御家老が大坂に行ったとき、護衛で市九郎がついていったことがある。また、遠いが、親戚もいるらしいから、そこを頼るはずだと自信たっぷりに言った。

郁太郎は卯之助の意見に従い、北陸道から若狭路に入った。まず、京だ。それから、大坂。郁太郎は市九郎が大坂に逃げたかどうか判断がつかなかった。

そんなわかりやすい場所に逃げるとは思えないが、まずはとっかかりにそこに行ってみようと思った。

三

同じ日の一月二十九日、剣一郎が出仕し、与力部屋に入ると、剣之助が茶をいれた湯呑みを持って来た。

剣之助は出仕した与力に茶をいれてまわっている。

そこに、同じ見習いの坂本時次郎《さかもとときじろう》がやって来た。用事はわかっている。宇野清左衛門が呼んでいるのだろう。

「青柳さま。宇野さまがお呼びでございます」

「うむ。ときに、時次郎。剣之助にいろいろ教えてやっているようだな。礼を申すぞ」

剣一郎は軽く頭を下げた。

ふたりはいっしょに見習いに上がった仲である。

「いえ、どっちが教わっているのかわかりません。なにしろ、剣之助どののほうがおとなですから」

「おとなか」

「はい。前よりずっと成長したような気がします。私などより、はるかにおとなでございます。まるで、兄のようで」

時次郎は熱っぽく語った。

「これからもよろしく頼む」

「もったいないお言葉」

時次郎が引き上げてから、剣一郎は立ち上がった。

廊下を曲がり、年番方与力の部屋に向かう。若い与力が一礼してすれ違う。

部屋に入ると、宇野清左衛門は文机に向かっていた。剣一郎は腰を下ろして静かに声をかけた。

「宇野さま。お呼びにございましょうか」

清左衛門は書類から顔を上げて、

「うむ。近《ちこ》う」

と、剣一郎を呼び寄せた。

「はっ」

剣一郎が膝行《しっこう》する。

「剣之助は頼もしくなったな」

宇野清左衛門が口を開いた。

「これも宇野さまのお陰でございます」

与力見習いとして出仕していた剣之助が志乃とともに出奔し酒田に行っていたため、奉行所に出仕出来なくなった。それを、宇野清左衛門の力添えによって、長期休養という寛大な措置《そち》をとってもらった。

宇野清左衛門は年番方与力で、与力の最古参であり、奉行所の実力者である。

年番方与力は奉行所内の最高位の掛かりであり、金銭の管理、人事など奉行所全般を統括する部署である。

「長谷川《はせがわ》どのがかなり剣之助のことを気に入っている様子。心配しておったが、安心した」

「はい。ありがたいことです」

内与力の長谷川四郎兵衛《しろべえ》は日頃から剣一郎を仇のように思っているのだ。

剣一郎への敵意は、剣一郎が内与力という制度について批判的だからである。

内与力というのは、奉行所にもともといる与力ではなく、お奉行が赴任するときに自分の股肱《ここう》と頼む家来を連れて来る。その数、十人ぐらい。それを内与力という。

剣一郎はその弊害《へいがい》を説いたことがある。なにしろ、お奉行が任を解かれたら、引き上げてしまうのだ。それより、お奉行の威光を笠に着て、威張ってもいた。手当てとて、十分にもらっている。

それ以来、長谷川四郎兵衛は常に剣一郎には辛く当たる。だから、剣之助にも同じような態度をとるだろうと危惧《きぐ》していたのだ。

それがまったく違った結果になっていることは、剣一郎にとってうれしい誤算だった。

「そろそろ、梅も花を咲かそう」

清左衛門が庭に目をやった。

「はい。陽差しも日毎《ごと》に明るさを増しているようにございます」

剣一郎は答えながら、はて用向きはなんであろうかと考えた。

ひょっとして、年番方与力の昇格の話を蒸し返すつもりなのかとも思った。

かねてから、宇野清左衛門は剣一郎を自分の後釜《あとがま》に据えたい意向を漏らしていた。与力の花形である吟味《ぎんみ》方を経て、年番方に昇格するのが順序であった。剣一郎の才覚からすれば、とっくに吟味方与力になっていてもよかったのだが、宇野清左衛門はあえてその人事をとらなかった。

特命で難事件の探索をさせたいがため、風烈廻りの掛かりに剣一郎を留め置いていたのである。

そのことに、清左衛門は負い目を感じていたらしく、吟味方を経由せずにいっきに年番方に昇格させようとしたのだ。

だが、剣一郎は断った。まだまだ、宇野清左衛門には頑張ってもらわねばならないことと、このまま自分が年番方に昇格することは奉行所内の慣習を破ることにもなる。

そういう人事をほとんどの者が肯定《こうてい》的に受け止めたとしても、中には面白く思わない者も出て来よう。そのことによって、奉行所内のまとまりに亀裂《きれつ》が生じてはならないのだ。

だから、剣一郎は特命の仕事をまだ続けたいという理由で断ったのである。そのことを、清左衛門も了承したはずだが、その話をまた持ち出すのではないかと思った。

「青柳どの」

庭から顔を戻した清左衛門の表情は厳しいものに変わっていた。

「ちと相談があるのだが」

「なんでございましょうか」

剣一郎は居住まいを正した。

「じつは、十日ほど前に木挽町《こびきちょう》で起きた事件のことは聞いておろう」

清左衛門がむずかしい顔で言った。

「甘酒売りが旗本の家来に無礼討ちになった件ですね」

「さよう」

木挽町の船宿から出て来た大番組組頭の旗本漆原主水正《うるしばらもんどのしょう》の家来が、甘酒屋を無礼討ちにしたという事件である。

「無礼討ちしたのは、武田紀和之輔《たけだきわのすけ》という侍。殺されたのは、南八丁堀の源兵衛店《げんべえだな》に住む吾作《ごさく》という年寄りだ」

武田紀和之輔は仲間と三人で木挽町の『美野屋《みのや》』という料理屋に呑みに来ていた。夕方に料理屋を出たところで、甘酒売りの吾作といざこざになり、紀和之輔が無礼討ちにしたということだった。

「奉行所としても、仲間ふたりの証言もあり、武田紀和之輔の面目を損なうような態度をとった吾作に非があり、無礼討ちとして処置したのだ。ところが、源兵衛店の大家をはじめとする者たちが嘆願に来た。もっとお調べくださいとな」

剣一郎が聞いていたのは、旗本の家来が面目を損なうような無礼に我慢ならずに甘酒屋を斬り捨てたというものだった。

「奉行所には届けており、仲間の証言もあることから、扱った同心も、武田紀和之輔の言い分をそのまま信じたようだ。それに、漆原家からは奉行所にも毎年、かなりの付け届けをもらっているのでな、長谷川どのも穏便に済ますようにと同心に告げておいたようなのだ」

武士の無礼討ちが許されるのは、侮辱を受け、名誉のために止むなく相手を斬った場合に限ってであり、いかなる場合も斬り捨て御免が許されるというわけではない。だが、実際には死人に口なしで、武士の言い分が罷《まか》り通って、庶民が泣き寝入りをすることが多かった。

「じつは、源兵衛店の大家たちの嘆願は、青柳どのに調べて欲しいというものだった」

「私に、ですか」

「さよう。このままでは納得出来ないと訴えている。どうであろうか、調べてはくれまいか」

清左衛門がすがるように言う。

「なれど、長谷川さまはいかがでしょうか。私が調べ直したとなると、また血相をかえられるのでは……」

「長谷川どのには、私からうまく話しておく」

清左衛門は力強い声で言ってから、

「どうであろうか。やってくれまいか」

「やらせていただきます。ただし」

「わかっている」

清左衛門は厳しい顔つきのまま、

「どのような結論になろうとも、わしは青柳どのを支持する」

と、言い切った。

「ありがとうございます。では、さっそく」

「頼む」

剣一郎は一礼して立ち上がった。

剣一郎は無礼討ちの一件の書類を見てから奉行所を出た。そして、いったん八丁堀の屋敷に帰った。

出迎えた嫁の志乃が突然に帰って来た剣一郎を心配して、

「どこかお加減でも?」

と、きいた。

「そうではないのです。また、特別なお仕事を承《うけたまわ》ったのですよ」

多恵が笑いながら言った。

「まあ、そうでいらっしゃいましたか。私はまた、どこかお加減が悪くてお帰りになったのかと驚いてしまいました」

志乃は美しい顔にほっとしたような笑みを浮かべた。

「そなたの気持ち、ありがたく思うぞ」

「いえ、そんな」

新妻らしい初々しさで、志乃は頬を染めて言った。

剣一郎は多恵の手を借り、羽二重《はぶたえ》の黒の着流しになり、すぐに玄関に向かった。志乃が来てから屋敷がますます明るくなった。

剣一郎は深編笠をかぶって、門を出た。八丁堀から木挽町まで四半刻（三十分）もかからない。

三十間堀《さんじっけんぼり》沿いに船宿が軒を連ね、料理屋も並んでいる。

『美野屋』という料理屋は黒板塀の大きな店構えだった。剣一郎は門を入り、飛石伝いに玄関に向かった。

笠をとって、玄関に入る。帳場から女将らしい貫禄《かんろく》の女が出て来た。

目ざとく左頬の痣を見たようで、

「これは青柳さまではございませんか」

と、女将はきいた。

「すまぬ。ちときさたいことがあって来たのだ。どこか、話が出来るところはないか」

「はい。空いてるお部屋がございます」

「いや、客ではないのだから遠慮しよう。台所の片隅でもよい。ただ、ひとに話を聞かれなければな」

「さようでございますか。では、こちらへ」

帳場の隣の女将の部屋だった。

「こんなところでよろしゅうございますか」

女将が長火鉢の前に座って言う。

「結構だ」

剣一郎は腰を下ろした。

女将が茶をいれようとしたのを制止し、

「訊ねたきことは、十日ほど前にこの付近で起きた無礼討ち事件のことだ」

と、剣一郎は切り出した。

「武田紀和之輔という男が仲間の侍とこの店に上がったというが、間違いはないか」

「はい。そのとおりでございます」

「武田紀和之輔はよく来るのか」

「はい。ときたま、お見えになります」

「いくつぐらいだな?」

「三十前後でしょうか」

女将は不安そうな顔つきになった。

「心配せずともよい。そなたたちに迷惑が及ぶことはない」

「恐れ入ります」

女将は恐縮したように頭を下げた。

「その日、武田紀和之輔は酒をどれほど呑んだかわかるか。酔っていたかどうか」

「はい。かなりお呑みになりました」

「相当、酔っていたのだな」

「足元がふらついておりました」

「武田紀和之輔はどんな感じの男だったかな」

「はい」

ちょっと言いにくそうだったが、女将は意を決したように言った。

「とても横柄《おうへい》なお方でした」

「お店の者たちからはどう思われていたのかな」

「はあ」

「正直に話してくれないか」

「みな、嫌っておりました」

「そうか」

おおまかな武田紀和之輔の人間像が浮かんで来た。もっとも、ひとりの意見だけで判断するのは早計だが、ひとの裏側を覗くことが出来る料理屋の女将の目はそれほど間違ってはいないだろう。

念のために仲居頭を呼んでもらい、話を聞いてみた。女将の話と大差なかった。

「最後にききたい。武田紀和之輔が無礼討ちにしたという話を聞いて、どう思ったな」

ふたりは顔を見合わせた。

最初に切り出したのはお敏《とし》という仲居頭だった。

「殺された吾作さんは私もよく知っていますが、とてもおとなしい、やさしいひとでした。お武家さんを侮辱するような真似の出来るひとではありません」

それを受けて、女将が言う。

「あとで、お客さまから聞きましたが、あのお武家さんたちは甘酒を呑んで御勘定《おかんじょう》を払わず帰ろうとしたのを、吾作さんがお代をお支払いくださいと頼んだら、武田さまがいきなり怒りだしたそうです」

「うむ」

「でも、斬られ損なんですかねえ。いくら、目撃していたひとがほんとうのことを話したって、お役人はお侍さんの言い分を信用してしまうんですからねえ」

連れの武士は、吾作が聞くに堪えない言葉で我らをばかにしたと奉行所に告げたらしい。

「奉行所も、同じお侍の肩を……」

仲居頭のお敏があわてて口を押さえた。

「構わぬ。よく、話してくれた」

剣一郎は礼を言って立ち上がった。

『美野屋』を出てから、剣一郎は吾作が無礼討ちにあった場所に向かった。

川に船が行き交う。

昼間から船宿に三味線《しやみせん》の音がする。

現場は『美野屋』からほど近い河岸《かし》の柳のそばだった。吾作はここに荷を置いて商いをしていたのだ。

目の前に、一膳飯《いちぜんめし》屋があった。

剣一郎は暖簾《のれん》をくぐった。昼どきで、混み合っていた。

一番左端の壁際の樽《たる》椅子に腰を下ろす。左の頬が壁に向いているので、青痣が他の客に気づかれる心配はなかった。

痣のあることを気にしているわけではない。この青痣があることから、いつしか剣一郎は青痣与力として有名になっていた。

つまり、この青痣によって与力の青柳剣一郎だと相手に悟られてしまうのだ。そうなると、相手はたちまち緊張する。

この一膳飯屋にいる者たちも、いまここに青痣与力がいると気づいたら、落ち着かないだろう。そういう気配りのために、青痣を隠しているのだ。

小女《こおんな》に茶漬けを頼み、剣一郎は聞くともなしに他の客の話を聞いていた。そのうちに、無礼討ちという言葉が出たので、剣一郎は聞き耳を立てた。

「無礼討ちだなんて、ふざけたものだぜ。俺たちはお侍のやることにはいっさい逆らっちゃいけねえってことなのか」

ちらっと目をやると、法被《はっぴ》姿の職人が息巻いている。

「お役人なんて、俺たちの言い分など信じず、侍仲間の言い分だけを取り上げやがる。世も末さ」

「おいおい、気をつけろ。どこに役人の耳があるかもしれねえ」

そうたしなめたのは、近くの船宿の船頭のようだ。

「吾作さんの気持ちを考えれば、俺は悔しいぜ」

「まあ、我慢することだ」

「吾作さんが可哀《かわい》そうでならねえよ。幼い孫を残して、死んでも死に切れねえよな」

「それはみんなも同じ気持ちだ」

「吾作さんの甘酒をまた呑みたいもんだ。寒い日は体があったまったからな」

茶漬けが運ばれて来た。箸《はし》を摑み、茶漬けを食べはじめる。

噂話が出て、剣一郎は目的が果たせた。生の意見を聞くことが出来たのだ。

「ごちそうさん」

客のひとりが引き上げて行った。

剣一郎は食べ終えてから、銭を卓に置き、青痣に気づかれないように店を出た。

再び、笠をかぶって、今度は吾作の住んでいた源兵衛店に向かった。

三十間堀から京橋《きょうばし》川沿いに出た。この川沿いの町が南八丁堀だ。源兵衛店は三丁目にある。

中の橋の近くに源兵衛店があった。

長屋木戸の横の絵草子屋が大家の家だった。

剣一郎が顔を出すと、店番をしていた年配の男が目を見開き、口を半開きにした。

「あなたは……」

「南町の青柳剣一郎だ。話を聞きに来た」

「ほんとですかえ。ほんとうに青柳さまで。まさか、ほんとうに来てくださるとは……」

大家は感動したように声を震わせていた。

剣一郎は大家の彦六《ひころく》の案内で、長屋の路地を入り、吾作の住まいに行った。

薄暗い部屋に、仏壇があり、位牌《いはい》が飾られていた。

「これが吾作です」

彦六がやりきれないように言う。

剣一郎は刀を外して部屋に上がり、仏壇の前に座って手を合わせた。

「青痣与力がやって来たってのはほんとうか」

土間にあわただしく入って来た男がいた。

「ばかやろう。静かにしないか。青柳さまはここにおられる」

「あっ、いけねえ」

剣一郎が振り返ると、職人体《てい》の若い男がばつが悪そうに頭をかきながら腰を折った。

「こいつは桶職人の幾造《いくぞう》です。そそっかしやの男でして勘弁してやってください」

彦六が謝る。

「気にすることはない」

剣一郎は意に介さずに言う。

「旦那。お願いします。吾作さんの仇をとってやってください」

幾造は部屋に上がるや、畏《かしこ》まって頭を下げた。

「吾作さんはあっしにとっておやじみたいなひとだった。あんないいひとを殺すなんて人間じゃありませんぜ」

「青柳さま。お願いいたします」

いつの間にか、長屋の女房連中が集まって来て、狭い土間はごった返した。その中から五、六歳の女の子が前に出た。

「青柳さま。吾作の孫のおゆきでございます。この子のためにも、ぜひ仇を」

彦六が訴えた。

「おゆき、青柳さまにご挨拶を」

「はい。おゆきにございます」

おゆきは小さい体をふたつに折った。

「うむ。よい子だ」

剣一郎は娘のるいの幼い頃を思い出した。

「こんな可愛い孫を残し、吾作はさぞ無念であったろう」

「死んだ吾作の遺体をゆすって、どうしておじいちゃんは起きてくれないのだと泣いていました」

「ふた親は？」

「ふたりとも流行《はや》り病で相次いで死んじまったんです。それから、吾作がひとりでおゆきを……」

彦六は涙ながらに、

「それこそ目の中に入れても痛くないという感じで、可愛がっておりました。おゆきは、いつも夕方になると木戸のところまで出てきて、吾作の帰りを待っていました。吾作の姿を見つけると、おじいちゃんって呼びながら飛んで行き、吾作にしがみついていました。あの日も、いつまで経っても帰って来ない吾作を、おゆきはずっと木戸口で待ってました。いまでも、夕方になると、木戸口に立っています。おじいちゃんが帰って来るかもしれないからと……」

「それは、なおのこと不憫《ふびん》な……」

剣一郎はおゆきに向かい、

「おゆき。必ず、おじいさんの仇をとってやるぞ」

と、力強く言った。

「はい。お願いいたします」

語尾を長く伸ばした可愛らしい声で言う。

だが、それは困難な道であった。

相手方は、町の者たちが口裏を合わせているのだと主張するに違いない。お互いの主張は水掛け論になりかねない。

「よいか。よく聞くのだ。吾作の無念を晴らすには証拠がなければならぬ。何か、証拠はないか」

剣一郎は厳しい顔で言う。

「青柳さま。お言葉ですが、一部始終を見ていた男がいるんですぜ。その男の言葉は証拠にならないんですかえ」

幾造が不満そうに言う。

「ならぬ」

「えっ、どうしてですかえ」

幾造だけでなく、大家をはじめ、その場にいた者はみな、一様に納得がいかないという顔つきになった。

「よいか。向こうの仲間ふたりは、吾作が非礼を働いたと申し立てている。まず、こちらで、現場を見ていたのは誰だ？」

「へえ。目の前にある一膳飯屋から出て来た宗助《そうすけ》さんという小間物屋です。宗助さんが、あっしが駆けつけたとき、武士のほうが甘酒を飲んで金を払わず立ち去ろうとしたと話してくれたんです」

「他には？」

「どこかの大店《おおだな》の番頭ふうのひともいました。そのひとも、武士が悪いと言っていました。他にも見ていた者はおります」

「番頭ふうの男の名は？」

「いえ。わかりません」

「よいか、相手は武士だ。力を持つ者を問いつめるには確たる証拠を突きつけねばならぬ。そうでないと、言い逃れを許してしまう」

「青柳の旦那」

大家の彦六も幾造も唖然《あぜん》とした顔になった。

「まず、宗助が必ず証言をしてくれるか確かめろ。それから、その番頭を探し出し、証言を頼むのだ。それから、他にも見ていた者がいるかもしれぬ。その者たちを探せ。目撃者は多ければ多いほどよい」

「よし、みんな、手分けをして目撃者を探すんだ。吾作さんのためだ。みな、力を合わせるのだ」

彦六の言葉に、その場にいた者は厳しい表情で頷いた。

この者たちのためにも、真実を明らかにせねばならぬと、剣一郎も腹の底から燃え上がるような闘志が突き上げてきた。

四

二月一日。福井を発ってふつか目の夕方、小谷郁太郎と佐田卯之助は京の大原《おおはら》へとやって来ていた。

福井を出て敦賀《つるが》に行き、そこから西近江《おうみ》路に入った。今津《いまづ》から保坂《ほさか》へ行き、若狭路に入って京を目指したのである。

若狭でとれた魚はこの若狭路を通って京へと運ばれるので、鯖《さば》街道と呼ばれている。途中、奇岩が続く朽木渓谷《くつきけいこく》を通ったが、景勝を楽しむことなく、先を急いだ。卯之助は張り切っているようだった。

大原の地に着いてから、

「京の町まで、あと三里（十二キロ）か」

と、卯之助が呟《つぶや》いた。

ここは大原女《おはらめ》の里である。大原女はここから頭に野菜や花を載せて京に売りに行くのだ。あと三里もあるが、やっと京に近づいたという昂《たかぶ》りがあった。

「ここまで急いで来ました。きょうはここに宿を求めませんか」

どこかの農家の納屋にでも泊めてもらおうと、郁太郎は言う。しかし、卯之助は先を急ごうと言った。

「暗くなるまでにはまだ間がある」

そう言うと、郁太郎の意見を聞かずにさっさと先に行った。

卯之助とは道場で挨拶する程度で、個人的な交わりはなかった。まだ、いっしょに行動するようになって三日だが、とにかく物事を自分で決めたがる。こっちの意見に耳を傾けようとしない。

自分より年上だからと我慢をしているが、郁太郎は面白くなかった。

「京まで行ってしまうのですか」

追いついて、郁太郎は抗議する。どうせ、夜遅く京の宿に落ち着いても、動きはじめるのは明日だ。

　きのうは野宿同然だったので、きょうは早く休みたいという思いもあった。

「もし、市九郎がここを通ったなら、村人が覚えているかもしれません。それを確かそれを確かめるべきではないでしょうか」

「村人が覚えているとは限らん。それに、こっちは追う立場だ。早く、目的の場所にたどり着くことが肝要だ」

　卯之助の言うこともわかるので、それ以上は反対出来なかった。

　八瀬《やせ》から川沿いをもくもくと歩き、日が暮れて辺りは暗く、点在する民家の灯がもの悲しく映った。

　遠くにきらめく灯は京の町だと思うと、やっと元気が出た。

　鴨《かも》川沿いを行き、三条《さんじょう》大橋を渡った。ここが江戸の日本橋を起点とする東海道《とうかいどう》の終点だ。

　橋を渡ると、両側には旅人相手の土産物《みやげもの》屋が並んでいた。そこを過ぎ、ふたりは河原町《かわらまち》通に見つけた宿屋に入った。夜五つ（八時）近く、飯の支度は出来ないと言われ、いったん部屋に入って旅装を解いてから外に出た。

　近くに一膳飯屋があるというので、そこに出かけた。

京訛《なま》りが耳に入って来る店の小上がり座敷で、郁太郎は卯之助と向き合った。

「酒でももらおうか」

卯之助は小女に言う。

「やっぱり、京の女は柔らかいな」

卯之助はにやついた。

そのとき、戸口にひと影。新しい客がやって来たのだ。商人ふうの男だ。卯之助が眉根を寄せて、その客を見た。

「何か」

郁太郎は小声できいた。

「なんでもない」

「明日は京の町を手分けして探しますか」

郁太郎が言うと、卯之助は信じられないことを言った。

「そんなあわてることはない」

「えっ」

問い返そうとしたとき、酒が運ばれて来た。

ひと口含んでから、卯之助はうまいと満足そうに呟いた。

「明日はどうするのですか」

郁太郎は訝《いぶか》ってきいた。

「せっかく京に来たのだ。まず、ゆっくり京見物をして、それから探し出せばいい」

郁太郎は啞然として、卯之助の面長の顔を見た。

「なんだ、その顔は？」

卯之助が顔をしかめた。

「市九郎を探し求めるためにあんなに急いで京まで来たのではありませんか。それなのに、のんびり京見物など出来ませぬ」

「しっ。声が高い」

そう言われ、郁太郎ははっとして周囲を見まわした。こっちの話を聞いているような者はいないが、大きな声を出せば聞こえてしまう。

「それにしても、青いな、おぬし」

卯之助は嘲《あざ》けるように口元を歪めた。そして、手酌で酒を注ぎ、いっきに呷《あお》ってから、

「目指す相手が簡単に見つかると思っているのか」

「…………」

「古来、敵討ちに出て、敵に巡り合うことは稀《まれ》なのだ。巡り合うにしても、二年、三年という歳月を要している」

「でも、一刻も早く、市九郎の手掛かりを摑《つか》むために、無理をして急いで来たのではありませんか」

郁太郎は反論した。

卯之助は冷笑を浮かべただけで何も言わなかった。

「佐田さま」

郁太郎は呼びかける。

「郁太郎。おぬし、今度のことをどう思っているのだ?」

卯之助が声を潜《ひそ》めた。

「どうと言いますと?」

「なぜ、我らが選ばれたのかということだ」

「それは……」

郁太郎は声を吞んだ。そのことは自分でも疑問だった。だが、名誉なことだと思っている。

「藩に、本気で市九郎を討つ気があるかということだ」

「どういうことですか」

「よいか。殺された仙田文之進には妻子はいないから敵討ちが成り立たぬ」

敵討ちは、親の仇、あるいは夫の仇を討つことは許されているが、子の仇を親が討つことは許されていない。

「はい。それゆえ、我らを討手にして……」

「いや。それは仙田文之進の親戚への配慮、そして家臣たちへのけじめをみせるためだ。どうも、俺は自分が選ばれたときから不審に思っていた。脱藩した家臣を追うのに、なぜ、我らなのだ。市九郎ほどの剣の達人を討つには我らでは無理だ」

「御家老はふたり掛かりでかかれば討てるだろうと仰《おつしや》いました」

「御家老とて剣にはうるさいお方。いくらふたりでかかろうと、本気でそう信じているとは思えない」

卯之助の疑問はもっともだった。だが、そこには我らのような下っ端にはわからない何かがあるのではないか。

郁太郎がそう言うと、

「おぬしはどこまでもお人好しだな」

と、卯之助は苦笑した。

「まあ、よそう。酒がまずくなる。飯をもらうか」

しかし、郁太郎は空腹を忘れ、いまのことを考えていた。

宿に戻り、ふとんに入っても郁太郎は寝つけなかった。京までの強行軍で体は相当に疲れているはずなのに頭は冴えている。

卯之助は妙なことを口走った。藩に本気で市九郎を討とうという気持ちがあるのかと。

確かに、卯之助が言うように、なぜ自分が討手に選ばれたかは気になっていた。しかし、さっきも思ったように、下っ端にはわからない何か深い事情があったのだろう。

たとえ、どんな事情があろうと、自分は自分に与えられた役割を果たすのみだと自分に言い聞かせた。

いつの間にか寝入ったようで、気がつくと朝陽が差し込んでいた。隣で、卯之助は大きな鼾《いびき》をかいてまだ寝ていた。

郁太郎は卯之助が起きそうもないので、宿の下駄を履き、鴨川の河原まで散策に出た。

福井を出てからまだ三日だが、母のことが恋しくなった。無事、市九郎を討ち果たせば、中士に取り立ててもらえるのだ。下級武士が中士になることなど、よほどのことがないと無理だった。母のためにも、小谷家の家格を上げたい。そうすれば、久恵の父も、所帯を持つことを許してくれるだろう。

鴨川の流れに、郁太郎は故郷を思った。

果たして、市九郎を討ち果たすまで何年かかるか。その間、いくら気丈とはいえ、目の不自由な母はひとりぼっちで寂しい思いをするだろう。

市九郎はすでに京を発ち、大坂に行っているのではないか。

宿に戻ると、もう卯之助は朝食を食べていた。

「どこに行っていたんだ？」

飯をほお張りながら、卯之助が言う。

「河原まで行って来ました」

「ふん」

興味なさそうに、卯之助はしば漬けに箸をつけた。

郁太郎は自分で飯をよそって食べはじめた。

「郁太郎」

　郁太郎が食べ終えたのをみて、卯之助がきいた。

「きょうは、どうする？」

「どうするって、すぐに大坂に発つのではないのですか」

「いや。俺は少し京を探ってみる」

「ここをですか。市九郎は大坂ではないのですか。我らより、何日も前に福井を出奔しているのです。もう大坂に着いているはずです。場合によっては、そこから、さらに移動したかもしれません」

「いや」

　卯之助は眉を寄せ、

「じつは、どうも大坂には行っていないような気がして来たのだ」

と、横を向いて言った。

「えっ、どういうことですか」

　郁太郎は耳を疑った。

「考えてみれば、藩から逃げた者が蔵屋敷のある大坂に行くのは危険だ」

「だって、あなたは市九郎は御家老について大坂に行ったことがあり、遠い親戚もいるから絶対にそこを頼るはずだと仰っていたではありませんか」

「だから、考え直したのだ」

卯之助は開き直ったように口元に笑みを浮かべた。

「きのうも言ったが、藩に本気で市九郎を討つ気があるなら、俺たちよりもっとふさわしい人間がいたはずだ。もっとも、そんなことは市九郎にはわからない。市九郎にとっては大坂の蔵屋敷の連中に見つかることこそ避けねばならぬ」

郁太郎は啞然とした。

「郁太郎。よいか。市九郎を探し出すまで一年かかるか二年かかるか、あるいはもっとかかるかもしれない。だから、そんなあわてて先を急ぐことはない。幸い、我々には藩から路銀が出ている。京見物をして、それから先に行けばいい。いや、そうでなければ疲れてしまう」

「あなたは最初から京に来たいために、大坂の話を持ち出したのですね」

「まあ、そういうことになるな」

卯之助はにやりと笑い、

「俺はな、一度でいいから京の島原遊廓《しまばらゆうかく》で太夫《たゆう》と遊んでみたかったのだ。いい機会だと思わぬか。俺はきょうは島原に上がるつもりだ」

「私は大坂に行きます」

郁太郎は憤然として立ち上がった。

「待て、郁太郎。ひとりで行くつもりか」

「もちろんです。京で遊んでいる余裕などありません」

郁太郎は出発の支度をはじめた。

「ひとりでは、市九郎を見つけても手も出せまい」

卯之助は冷笑を浮かべてから、

「俺は市九郎は江戸に向かったと思う」

と、平然と言う。

「江戸には吉原《よしわら》がありますからね」

「まあいい。大坂に行って手掛かりがなかったらここに戻って来い。それまで、俺はここに投宿している」

誰が戻るものかと、郁太郎は心の内で叫んだ。

第二章　江戸へ

一

　二月三日。その日、出仕するのを待っていたように、剣一郎は長谷川四郎兵衛に呼ばれた。

　内与力の詰所の隣の部屋に宇野清左衛門もいた。清左衛門の渋い顔を見て、剣一郎は四郎兵衛の用件がわかった。

　清左衛門の横に座って挨拶すると、四郎兵衛はいきなり切り出した。

「青柳どの、いったいどういう了見なのか」

　最初から敵意を剝《む》き出しにしており、四郎兵衛の顔は醜《みにく》く歪《ゆが》んでいた。

「はっ、なんのことでございましょうか」

　剣一郎はとぼけてきき返した。

「なんのことだと?」

四郎兵衛のたるんだ頬が痙攣《けいれん》した。

「青柳どの。そなた、いま、旗本の漆原さまの家来が無礼討ちした件を調べ直しているようだな」

「その件でございますか。確かに、調べております」

剣一郎は悪びれずに答えた。

「なぜ、そんな真似をしておるのだ?」

「殺された者が住んでおりました長屋一同から調べ直して欲しいという嘆願がありましたゆえ、私が改めて調べております」

剣一郎は正直に言う。

「ばかな。無礼討ちはお構いなしだ。よけいな真似をなさるな」

「お言葉を返すようですが、いくら武士といえど斬り捨て御免はみだりには許されておりません。無礼討ちした理由があればよし、なければ重大な罪であると存じます」

剣一郎は毅然《きぜん》たる態度で言う。

「今度の件、漆原さまのご家来に十分な理由があったはずではないか」

「いいえ、目撃者の話ではご家来は甘酒の代金を払わず立ち去ろうとしたので、亭主が支払いを求めたところ、いきなり斬られたということです。これでは無礼討ちとはいえないのは明らか」

「青柳どの」

四郎兵衛が片頬を歪め、

「漆原さまのご家来のほうでは、甘酒屋が武士の面子《めんつ》を潰すようなことを言ったそうだ。これはいっしょにいた仲間も知っている」

「お仲間の証言は証拠にはなりえないと存じます。なぜなら、自分たちに有利なように言う可能性が高いからです」

「なんと」

顔を赤くして目を剝き、四郎兵衛は片膝をたてた。

「よいか、青柳どの。漆原さまから抗議がきておるのだ。武士の言い分を信じようとせず、我が家来を疑うとは何事かと息巻いておられた」

「しかし、目撃者の話とまったく食い違っております。どちらが正しいかを判断すべきだと思います」

「そんなもの決まっておる。武士が偽《いつわ》りを申すはずはない」

「果たして、そうでございましょうか。私が調べた限りにおいては、どうやら非は武士のほうにあるように思えます」

「なんだと」

四郎兵衛の口がわなないた。

「仮にだ。多少のことがあっても武士は庇《かば》いあわねばならぬ。そうではないか」

「いえ、このような無法を許してはなりません」

「無法だと」

「そうです。武士であろうが町人であろうが、罪を犯した者には制裁を与えなければなりません。もし、無礼討ちと称した横暴を許せば、町の者に対して奉行所の信頼は失墜《しっつい》してしまいます」

「なんと」

四郎兵衛の顔がさらに醜く歪んだ。

「よいか。漆原さまは五千石の御書院番頭である。そんな大身の旗本の不興を買うような真似をしてなんの得があろう」

お奉行より大身の旗本だということに恐れをなしているのか。

御書院番は将軍のお側近くに勤めるので、高い地位の旗本から選ばれる。そのため気位が高く、鼻持ちならない。

「しかし、今回のことはひとひとりが命を落としております。いかに大身の旗本だからと言って、見過ごしに出来ませぬ」

四郎兵衛は扇子《せんす》を突きつけ、

「青柳どの。よく聞かれよ。たとえ、そなたの言うとおりであったとしても、直参のご家来を裁くには御目付に申し立てなければならぬ。御目付が町方の者の言い分と漆原さまのご家来の言い分と、どちらを聞き入れると思うのか」

「たとえ、武士であろうと不正は糺《ただ》さねばなりませぬ」

剣一郎は膝を進め、

「長谷川さま。奉行所は江戸のひとびとの命と暮らしを守ることが務めであると思います」

「そなた、大身の旗本を敵にまわすつもりか。ことに、漆原さまは、老中松平出雲守さまとは懇意にしておられる。場合によっては、老中から何か言ってくるやもしれぬ」

「ことの善悪を弁《わきま》えず、単に武士の言い分だけを信じるような御老中さまとは思いません。必ずや、公平に判断くださるものと思います」

四郎兵衛は癇癪《かんしやく》を起こし、

「まこと、そなたは死を賭《と》す覚悟があるのか」

と、憎々しげに言った。

「たとえ、この身がどうなろうと、正しき裁きを求めていきまする」

剣一郎は言い切った。

「ええい、なんと頑固な御仁《ごじん》じゃ。一切の責めはそなたが受けよ。よいな」

四郎兵衛は憤然《ふんぜん》と立ち上がり、何か言いたげに剣一郎を睨《にら》み付けたが、いまいましげに舌打ちをし、部屋を出て行った。

剣一郎はため息をつき、

「長谷川さまをいたく怒らせてしまったようですね」

と、宇野清左衛門に言った。

「あの御仁はお奉行や奉行所の体面だけを重んじているお方だ。まあ、漆原主水正さまは御書院番頭であり、うるさいお方だ。このまま穏便に済ませて欲しいと願っているのだろう」

清左衛門はさらに厳しい顔つきになって続けた。

「やはり、非は武田紀和之輔という武士にあったようだな。仮に、相手が大身の旗本であっても罪を糺さねば奉行所の存在意義とてない」

「はい。武田紀和之輔は、それまで近くの料理屋で呑んでおり、外に出たときはかなり酔っていたようです。たまたま、見つけた甘酒売りから甘酒を求めたにもかかわらず、金を払わずに去って行こうとした。それで、甘酒屋の亭主が代金の支払いを促すと、かっとなって刀を抜いたとのこと」

「うむ。それを無礼討ちとして済ますことは許されるものではない」

「はい。このままでは、甘酒売りの吾作の魂《たましい》は浮かばれませぬ」

剣一郎は吾作の孫おゆきのいたいけな顔を思い出した。

「ただ、それを証明出来るのか」

「はい。目撃者が三人いるようです。そのうちの小間物屋の宗助は証言してくれることになっています。あとのふたりは長屋の者が手分けをして探しています」

剣一郎が源兵衛店を訪れてから四日経っている。その間、剣一郎は宗助に会い、証言してくれることを確かめた。だが、あとのふたりはまだ見つかっていない。もうひとりは大店の番頭ふうの男だという。

「その男が見つかったとしても証人はふたりか」

清左衛門は難しい顔をした。

「はい。ですが、ことが起こる前に、武田紀和之輔たちが相当酒を呑んでいたこと。料理屋から甘酒売りに出会うまでのわずかな間にも千鳥足だったことを、女将《おかみ》に証言してもらうよう頼んでみます」

「青柳どのの言うように、我が奉行所は旗本の権柄《けんぺい》ずくに屈することなく、正義を貫く」

「はっ」

清左衛門の言葉に、剣一郎は勇気を得た。

「これから、目撃者探しの様子を見て参ります」

「うむ。ご苦労」

清左衛門といっしょに部屋を出た。

与力部屋に戻る途中、剣之助と廊下で出会った。裃《かみしも》姿である。

すぐ端に寄って、剣之助は清左衛門に黙礼をした。

「これからお白洲か」

清左衛門が声をかける。

「はい。時次郎といっしょでございます」

剣之助は畏まって答えた。

町奉行の取り調べのとき、白洲にはお奉行の他に、御目付や例繰方《れいくりかた》与力、書役同心らとともに、見習与力がふたり、白洲に近い場所に座る。奉行所の威厳を見せつけるためであろう。

きょうのお奉行の取調べに、剣之助と時次郎が加わるのだ。もちろん、ただ、権威を示すための飾りに過ぎない。しかし、剣之助にとってはよい勉強になる。

目顔で頑張るように言い、剣一郎は剣之助の前を行きすぎた。

「剣之助もたくましくなったものよ」

「恐れ入ります」

いったん与力部屋に戻ってから、剣一郎は外に出た。

四半刻（三十分）後、剣一郎は木挽町の『美野屋』の玄関に立った。

この前と同じ、女将の部屋に案内され、差し向かいになってから、

「女将。武田紀和之輔が相当酒を呑み、酔っていたことを証言してもらえまいか」

と、切り出した。

女将は眉を寄せた。

「そんなことをしたら、仕返しされませんか。なにしろ、客商売ですから」

「そんなことをさせやしない」

居住まいを正し、剣一郎は頭を下げた。

「このとおりだ。頼む」

「青柳さまに頭を下げられては仕方ありません。ええ、よろしゅうございます。私がお白洲でもどこにでも出て、証言しますわ」

「すまぬ」

「いやですわ。そんなに頭を下げられては……」

女将は笑った。

そのとき、部屋の外で声がした。

「女将さん、入ってもよろしいでしょうか」

「なんだい？　お敏かえ。いま、青柳さまとお話ししているところなんだよ」

「はい。そのことで」

そう言い、仲居頭のお敏が入って来た。

「もうしわけございません。いま、お話をもれ聞いてしまいました。青柳さま。私の証言ではいけませんでしょうか」

仲居頭が剣一郎に訴えるように言った。

「お敏、どういうことだえ」

女将が訝《いぶか》って言う。

「はい。武田さまはねちねちした執念深いお方に見えます。女将さんが証言をしたら、お店に対してどんな仕返しをしてくるかもしれません。でも、私ならお店には関係ありません。あとあとのことを考えたら、私が証言したほうがよいと思ったのです。いかがでしょうか、青柳さま」

「なかなかの心がけ。そなたがそうまで言うなら、そなたに頼もう」

「ありがとうございます」

「お敏。そこまでお店のことを考えておくれでかい」

女将は感激したように言う。

「ずっとお世話になってきたお店ですから」

「心配ない。仕返しなど、私がさせはしない」

剣一郎ははっきり言った。

「はい」

ふたりは同時に返事をした。

その日の夕方、剣一郎が源兵衛店に寄ると、大家の彦六が家から飛び出してきて、

「青柳さま。あの番頭が見つかりました」

と、訴えた。

「そうか。よく探し出した」

この三日間、長屋の連中は、吾作が斬られた現場に居合わせた大店の番頭風の男を見つけるために歩き回っていたのだ。

「日本橋富沢町《とみざわちょう》にある『井村屋《いむら》』という荒物屋《あらもの》の番頭さんで、由蔵《よしぞう》さんと仰います」

「証言してくれそうか」

「はい。相手の武士に激しい怒りを抱いておりました」

「よし。これで目撃者はふたりか。出来れば、もうひとりも探し出したいものだ」

しかし、『美野屋』の仲居頭が三人とも相当酔っぱらっていたことを証言してくれれば、ふたりでも十分かもしれないと思った。

「念のために、私も会ってみよう」

剣一郎はその足で、日本橋富沢町に向かった。

江戸橋を渡り、浜町堀《はまちようぼり》方面に向かう。富沢町は浜町堀の手前であった。

『井村屋』という荒物屋は小商いの店が並ぶ通りの中程にあった。まさに、戸を閉めようとしていた。

「番頭の由蔵はいるか」

　剣一郎は小僧に声をかけた。

　振り向いた小僧は深編笠の内の顔を下から覗き、

「番頭さんですか。少々お待ちください」

　と、甲高い声で言って潜《くぐ》り戸から中に入った。

「たいへんだ。青痣与力だ」

　小僧のあわてた声が聞こえた。

　番頭らしき年格好の男があたふたと出て来た。

「青柳さまで。さあ、どうぞ」

「由蔵か」

「はい」

　小太りの男が頷いた。

　剣一郎は土間にはいる。

　さっきの小僧が好奇心に満ちた顔で、こっちを見ている。

「そなたは、甘酒売りの吾作が侍に斬られたのを見ていたそうだな」

「はい。まったく、ひどいことをするものでございます」

　由蔵が怒りを蘇《よみがえ》らせた。

「そなたが目撃したことを話してくれぬか」

「はい。たまたま私も吾作さんから甘酒を買い求め飲んでいると、お侍さん三人がやって来ました。だいぶ酔っているようでした」

由蔵の話も小間物屋の宗助と同じだった。侍が金を払わずに立ち去ろうとしたのを吾作が追いかけ、ふた言、三言話すうちにいきなり侍が刀を抜いたというものだった。

「今のこと、お白洲でも話すことが出来るか」

「もちろんでございます」

由蔵は悔しそうな顔で、

「吾作さんみたいないいひとを虫けらのように斬るなんて、許せるものではありません」

と、続けた。

「よし。その節は頼む」

剣一郎は由蔵にそう言ったが、取調べは吟味方の与力がする。剣一郎が取調べをするのであれば、武士の側にとって不公平でしかない。

剣一郎はただ公平な判断を求めたいだけだ。それによって、非が吾作のほうにあるという裁定が下るかもしれない。

気になるのは、吟味与力が長谷川四郎兵衛の意向を慮《おもんぱか》り、武士側に配慮をしないかということだ。

橋尾左門《はしおさもん》なら、あくまでも事実に基づいた吟味をしてくれるのだが……。だが、そのような不安を剣一郎は一蹴した。

我が奉行所のものは正義のもとに裁きを下すはずだ。剣一郎はそう信じた。

二

京の東寺《とうじ》の五重塔が夕日に映えている。小谷郁太郎は大坂から京に戻って来た。

三日前、京を発ち、東寺口から桂川《かつら》を渡り、延暦《えんりゃく》三年（七八四）に桓武《かんむ》天皇が長《なが》岡《おか》京を造営した長岡丘陵を越え、やがて山崎《やまざき》に着いた。

羽柴秀吉《はしばひでよし》と明智光秀《あけちみつひで》の山崎の合戦の場であり、近くに天王山《てんのうざん》が迫る。そして、淀《よど》川に沿っていっきに大坂に向かったのだ。

大坂では道頓堀《どうとんぼり》の近くに宿をみつけ、三日間滞在した。

その間、高麗橋《こうらいばし》通りにある三井呉服店を訪ね、さらに鴻池の本家にも行き、市九郎の消息を訊ねた。さらに、堂島《どうじま》の米会所、天満《てんま》の青物市場などを歩き、道頓堀の盛り場に行き、住吉大社《すみよしたいしゃ》や四天王寺《してんのうじ》にも行ってみた。

各所で、市九郎の特徴をいって訊ねたが、手応えはなかった。

わずか三日で、広い大坂の地を探し回るのは無理だったが、市九郎はこの地に来ていないのではないか。そう思った。

京から大坂に来る途中の枚方《ひらかた》や守口《もりぐち》の宿場町や、街道沿いの茶店でもきいたが、ひとり旅の三十前後の侍を見かけたという話は聞かれなかった。

大坂も、同じだった。市九郎らしき侍の痕跡《こんせき》はない。そして、何より郁太郎の心を動かしたのは同宿した江戸の商人の話だった。

舶来の小間物を仕入れに来たという男は、一週間ほど前に、東海道の宮《みや》の宿で、ひとり旅の侍と相部屋になった。その侍は三十前後、きりりとした顔つきだったという。市九郎に似ていると思った。その侍に東海道の桑名《くわな》宿を通ったのかときくと、美《み》濃《の》路をやって来たと答えたという。

次の日、早立ちした侍に追いつけなかったのは、おそらく江戸方面に向かったからだろうと思ったそうだ。

市九郎に間違いないと、郁太郎は確信した。

市九郎は福井から美濃街道を行ったのだ。最初から方向が違っていた。もっとも、京に足を向けたのは卯之助に唆《そそのか》されたからだ。

郁太郎はただちに大坂を発ち、いまようやく京に舞い戻ったのである。

郁太郎はまっすぐ河原町通にある宿屋に向かった。このまま、卯之助に会わず、江戸に向かうことも考えたが、そうもいかないと思い直したのだ。

かなたに北山がくっきり望める。僧侶の一行とすれ違った。

宿に入ると、女将が迎えた。

「おこしやす。生憎《あいにく》でございます。じつはお部屋は……。おや、あんたはんは？」

女将は郁太郎の顔を覚えていた。

「四日前に泊まったものです」

「ああ、佐田さまとごいっしょに」

「佐田卯之助です。佐田はまだおりますか」

「なんですか、島原に通い詰めでして」

女将は苦笑して言う。

「そうですか」

いまいましげに、郁太郎は言う。

「お部屋はごいっしょでよろしおすか」

「ええ、構いません」

「それでは、どうぞ」

女中がすすぎの水を持って来た。

夕飯を食べ終えても、卯之助は帰って来なかった。

卯之助が帰って来たのは、一夜明け、朝食をとり終えたあとだった。

「おう、郁太郎。戻っておったか」

呑気《のんき》な顔で、部屋に入って来た。

「だいぶお楽しみのようですね。締まりがない顔になっていますよ」

「そう言うな。おぬしも一度、どうだ？　いい女が揃っているぞ。さすが、島原だ」

「私は結構です。それより、お金のほうは大丈夫なんですか」

卯之助からすぐに返事がなかった。

「なくなったら、国元に催促するさ」

「それでいいのですか」

郁太郎はむっとした。

「そんな顔をするな。市九郎に巡り合うまで何年かかるかわからないのだ。そんなに焦っても仕方ない」

卯之助は国には待っている人間は誰もいないのだろうか。郁太郎には母がいる。それに、隣家の久恵だ。左右田淳平も待っていてくれるはずだ。無事役目を果たして帰れば、中士に昇格出来る。そうすれば、久恵の両親も嫁にくれるはずだ。

郁太郎はそれを信じているのだ。

「大坂まで行って無駄足を踏んだと思っているのですか」

郁太郎は強い口調で言った。

「手掛かりがあったのか」

卯之助の顔色が変わった。

「ありました」

「ほんとうか」

さすがに藩命を帯びている身である。それまでの顔つきとは別だった。卯之助は急《せ》かすようにきいた。

「市九郎は大坂にいたのか」

「いえ、江戸に向かったものと思われます」

「どうしてわかった？」

「はい」

大坂の宿で江戸からやって来た商人が、東海道の宮の宿でひとり旅の侍と出会った話をすると、卯之助は微《かす》かに唸《うな》り声を上げた。

「間違いない。市九郎だ。そうか、やはり江戸か」

卯之助は厳しい顔で腕組みをした。

「ですから、我々もすぐ江戸に向かいましょう」

おうという頼もしい返事が返って来るかと思ったら、卯之助は煮え切らない。

「郁太郎。行き先がわかったのなら、そんなに急ぐこともあるまい」

「えっ？」

またも、耳を疑った。

「まだ、そんな悠長なことを言っているんですか。早く追いつかないと、またどこかへ行ってしまいますよ」

「あわてるな。市九郎が江戸に向かったのは間違いないだろう。だが、広い江戸で、市九郎を探し出すとなると一朝一夕には無理だ」

卯之助はまた勝手な理屈をこねだした。

「よいか。こういうことは長い目でみなければならぬ。気が急いてはことはならぬ」

「そんな話は聞き飽きました。私はひとりで出発します」

「待て。もう一晩待て。明日いっしょに出立しよう。きょう一日、市九郎のことを忘れ、京見物するのだ。そのほうが英気が養える。ずっと気を張っていたのでは疲れるだけだ」

言い返そうとしたが、福井を出てから七日経ち、確かに最初の疲れが出てきていた。あまりに身勝手だが、卯之助の言い分ももっともだと思うこともある。それに、卯之助とはいっしょに旅をしなければならない。市九郎を探し得たとしても、単身では太刀《たち》打ち出来ないからだ。

「わかりました。明日、必ず出立するのですね」

「必ずだ」

卯之助はにやりと笑った。

それから、ひと寝入りするという卯之助を置いて、郁太郎は宿を出た。四条大橋を渡り、八坂《やさか》神社に向かった。町にはきらびやかな衣装の女が多く、気品が漂っているようだ。

八坂神社で母の無事と事の成就を祈った。事の成就は藩命を果たすことと久恵とのことだった。

それから、清水寺《きよみずでら》まで歩き、噂に聞く『清水の舞台』に立った。

本堂が山の中腹に建てられ、回廊が崖《がけ》にせりだしている。見物客も多く、郁太郎は早々と退散し、次に足を向けたのは方広寺《ほうこうじ》である。

「京の大仏殿」として知られた大仏は奈良の大仏像よりも大きかったらしい。だが、今は焼失してない。

ただ、豊臣家滅亡のきっかけとなった「国家安康《こっかあんこう》、君臣豊楽《くんしんほうらく》」の鐘《かね》があった。

郁太郎は夕方には宿に戻った。卯之助はいなかった。また、島原遊廓に出かけたのだ。

よく、そんな金があると不思議だった。

その夜遅く、卯之助が帰って来た。

「泊まって来なかったのですか」

ふとんの中から声をかけた。

「起こしてしまったか」

「いえ、まだ眠っていませんでした」

郁太郎は半身を起こした。

「別れを告げて来たのですか。何日も通っていたんですから、情が移って別れづらかったでしょうね」

半ば皮肉を込めていった。

「なあに、別れは浮世の定めだ」

卯之助に皮肉は通じないようだ。

「明日は予定どおりですね」

「ああ」

卯之助はごろりと横になった。すると、ほどなく大きな鼾が聞こえてきた。そのせいで、郁太郎はなかなか寝つけなかった。

翌朝、寝不足ぎみのまま、郁太郎は卯之助とともに三条大橋から東海道を江戸に向けて出立した。

三

同じ日の二月七日、剣一郎は自ら使者として牛込御門《うしごめごもん》前にある旗本漆原家を訪れた。

応対に出たのは、用人の木藤半左衛門《きとうはんざえもん》という白髪交じりの男だった。

「南町奉行所与力の青柳剣一郎と申します。こちらのご家来の武田紀和之輔どののことについてお願いの儀があって参りました」

玄関で、剣一郎は用向きを告げた。

「武田紀和之輔になんの用だ?」

「はい。先般、武田紀和之輔どのが無礼討ちした甘酒売りの吾作の件につき、改めて調べましたところ、武田どのの言い条と目撃していた者たちの言い分が相反していることがわかりました。この件につき、武田紀和之輔どののならびにいっしょにいた他のおふたかたにもお話をお聞きしたいのでございます。ついては、そのお許しをお願いに上がりました」

剣一郎は礼を尽くして頼んだ。

「はて、その件は私も報告を受けておるが、すでに済んだことではござらんのか」

用人は敵意に満ちた目を向ける。

「ところが、改めて調べますに、見ていた者の話と食い違っておりました。それで、武田紀和之輔どのにぜひお訊ねしたいのでございます」

剣一郎は頼んだ。

「武田紀和之輔は、町人の方に武士の面子を潰すような振る舞いがあったゆえ無礼討ちしたのだ。このことは連れの者も、そう申しておる。いまさら、騒ぎ立てるようなものではないと存ずるが」

「恐れながら、お連れのお方は武田紀和之輔どのに有利な証言をするはず」

「黙りなされ」

用人が激昂《げっこう》した。

「武士が無礼を働いた町の者を斬ったとて、なぜ咎《とが》め立てしなければならぬのだ」

「無礼を働いてはおりませぬ」

剣一郎は即座に言い返した。

「お聞きください。武田紀和之輔どのと連れのおふたりは料理屋で酒を呑み、かなり酩酊《めいてい》していたようです。料理屋を出てから、武田どのは……」

「黙らっしゃい」

用人は頬を震わせた。

「よいか。武田紀和之輔は我が殿が目をかけし家来である。その者に、あらぬ疑いをかけるとは言語道断。武田紀和之輔に対する言いがかりは我が殿に対する誹謗中傷《ひぼうちゅうしょう》と同然」

「これは異なことを。そのお考えは理解出来ませぬ。私は、あくまでも武田紀和之輔どののことを話しているのであり、こちらのお殿さまとの関わりは知りません」

剣一郎は用人の無茶な抗議を撥《は》ねつけ、さらに続けた。

「私は武田どのに非があると決めつけているのではありませぬ。目撃した町人たちのほうが間違っているのかもしれませぬ。なれど、斬られたほうの身内が訴えている以上、ことの黒白をつけねばなりませぬ。もし、武田どのに非がなければ、堂々と奉行所にお越しいただき濡《ぬ》れ衣《ぎぬ》を晴らしていただきたいのです」

「奉行所に出向き、町人たちと同列に扱われるのが不快なのだ」

用人は高飛車《たかびしゃ》になって、

「よいか。我が殿は南町には顔見知りもたくさんおる。お奉行はもとより、公用人長谷川四郎兵衛どのも……」

「お言葉をお返しいたしますが、そのようなことは関係ございません。罪を犯した者を裁く。それが、奉行所の役目。そのような情実によって罪を見逃せば、町の者とてやがて国の法度《はっと》を守らなくなるでありましょう。さすれば、この世は闇」

剣一郎は不快感を隠して言った。

「なるほど。そなたは青痣与力と称されて、いささか天狗《てんぐ》になっているようだな。怖いものがないと思っているようだが、そのような態度ではいずれ痛い目に遭う」

用人は冷笑を浮かべた。

「どうかお願いいたします。武田紀和之輔どののお取り調べをお許し願いたいのです」

剣一郎はひたすら頼んだ。

「まだおわかりにならぬようだな」

用人は顔を歪め、

「不浄役人の命令など聞く耳は持たぬ。帰られよ」

と、立ち上がって叫んだ。

「このままでは、御目付の判断を仰ぐことになります。どうか、その前にご決断を」

「御目付だと？　勝手にしろ」

部屋を出て行こうとするのを、剣一郎は呼び止めた。

「お待ちください。御目付を通せば漆原家にもなんらかの迷惑がかかりませぬか」

「なに？」

「こちらさまが自発的に武田紀和之輔どのを差し向けられれば、この件はあくまでも武田紀和之輔どの個人の所業。しかるに、御目付から話が行けば、漆原家が匿《かくま》っていることにもなり、場合によっては御家の体面にも差し障《さわ》りがあるやもしれません。話が大きくならぬよう、あくまでも武田どのひとりの問題に抑えるべきかと。どうか、その点をお考えくださいますよう」

剣一郎は口調を改めて付け加えた。

「明後日の昼まで、お待ちいたします。それまでに、武田紀和之輔どのを御番所までお連れくださるようお願いいたします」

御家のためにも武田紀和之輔を差し出せと、剣一郎は訴え、漆原主水正の屋敷を辞去した。

その夜、剣一郎の屋敷に出し抜けに橋尾左門がやって来た。玄関で大声がしたかと思うと、廊下に足音がして、でかい体を現した。

「おや、剣之助はいっしょではないのか」

左門がいきなりきく。

「離れに行った」

剣一郎は苦笑して答える。

「やはり、親といるより、志乃どのといっしょにいるほうがよいのか。親というのは寂しいものだな」

妙にしみじみとして左門が言う。

「左門。なんだか元気がないな」

剣一郎は不思議そうにきいた。

「そんなことはない」

左門とは竹馬の友であり、なんでもあけすけに話し合う仲だ。ただ、これが奉行所では一変する。あくまでも吟味方与力の橋尾左門としての顔しか見せない。

今では、剣一郎もそのことには馴《な》れている。

多恵が酒を運んで来た。

「これは多恵どの。申し訳ありませぬ」

左門は大仰《おおぎょう》に礼を言う。

「るいどのはどうなすったのか」

左門は娘のるいを気に入っている。るいも、左門のおじさんは楽しいと、やって来るのを楽しみにしているのだ。

「剣之助の部屋ですわ。志乃さんとすっかり仲良くなって」

多恵が微笑んで言う。

「いつもなら私の声を聞いたら出て来てくれるのに、どうりで……」

「向こうから笑い声が聞こえました。きっと、話に盛り上がっているのでしょう」

「左門。どうやら、おぬしも振られたようだな。るいもおぬしといるより、志乃のほうがよいらしい」

左門は苦々しい顔をして、

「まあ、若い者は若い者同士だ。仕方ない」

と言い、ため息をついた。

「どうぞ、ごゆるりと」

多恵が立ち上がった。

「多恵どのまで行かれてしまうのか」

左門は寂しそうな顔をした。

「どうした？　きょうの左門は女々《めめ》しいぞ」

「うむ」

左門は酒を呷《あお》った。

「やはり、おかしいな。どうかしたのか」

剣一郎は心配した。

「じつはな、娘が嫁に行くことになったのだ」

「なに、松葉《まつば》どのが。ほんとうか。確か、るいとはひとつ違い」

剣一郎も微かに狼狽《ろうばい》した。るいもいずれ……。そう思うと、胸がふさがった。

「そうか。嫁に行くのか」

「うちの奴の前では女々しい姿を見せられないからな。剣一郎の顔を見たら、急に力が抜けてきた」

「いや、わかる。俺もるいが嫁に行くと聞いたら取り乱しかねない。さあ、きょうは大いに呑め」

剣一郎は徳利をつまんで酌をした。

「失礼します」

多恵の声がした。剣一郎はあわてて、居住まいを正した。

「どうかなさいましたか」

多恵が訝しげにきく。

「いや、別に」

剣一郎はとぼける。

「おや、多恵どの。それはうまそうですな」

左門はわざとらしく多恵が運んで来た煮物の小鉢に目をやる。

「どうぞ」

多恵は小鉢を左門の前に置いてから、

「松葉どのがお嫁に行かれるそうでございますね」

「誰から聞いた？」

まさか、ふたりの態度から察したわけではあるまい。いくら、勘の鋭い多恵とて、そこまでわかるはずはない。

「そうか、うちのが話したのか」

左門が言った。

「はい。今朝、お会いしたとき、仰っておられました」

左門の妻女から聞いたと、多恵は言った。

「左門さまがすっかり動揺しているようだと奥様は仰っておりました。ふたりで、落ち込んでいるのではないかと心配しましたが」

やはり、多恵は鋭い。

「いや、そんなことはない」

剣一郎は取り繕《つくろ》って言う。

「そうでございますか。いずれ、るいも嫁《とつ》いで行くことになりますが……。あっ、お酒がないようでございますね。すぐお持ちいたしましょう」

多恵が立ち上がろうとするのを、剣一郎はあわてて呼び止めた。

「待て。まさか、るいにそんな話があるのか」

「縁談の申し込みはたくさんあります。でも、るいはまだその気はないようですよ」

「そうか」

剣一郎はふと安堵のため息を漏らした。

多恵が去ってから、剣一郎と左門は顔を見合わせた。

すぐに多恵が戻って来た。

「植村どのがお見えですが、いかがいたしましょうか」

「京之進が？」

「俺なら構わん。通してやれ」

左門が言った。

「すまんな。じゃあ、ここへ」

植村京之進はときたま探索のことで、個人的に剣一郎に相談に来る。今夜も何か相談ごとがあるのだろうと思った。

しばらくして、京之進が部屋にやって来た。

「橋尾さまもおくつろぎのところを申し訳ございません」

剣一郎と左門に挨拶をした。

「京之進。夜分にごくろうだ。気にすることはない。俺がいないほうがよければ、しばらく座を外してもよいぞ」

左門は鷹揚に言う。

「とんでもない。どうぞ、そのままに」

「そうか。じゃあ、勝手にやっている」

左門は盃を空けた。

「青柳さま。面目ありませぬ」

京之進が剣一郎にいきなり頭を下げた。

「どうした、藪《やぶ》から棒になんだ？」

剣一郎は苦笑してきいた。

「一月二十三日に柳原の土手下で見つかった死体の件でございます」

京之進は畏まって答える。

「うむ。そのことか」

　剣一郎も思い出した。

　あれから十日以上経つ。その後、なんの進展もないようなので、状況をきいてみようと思っていた矢先に無礼討ちの件にかかわり、すっかりそのほうに気をとられていた。

「はい。きょうまで探索を続けましたが、いまだに身元はわかりません」

「わからないか」

　剣一郎は不思議に思った。

「はい。行方不明の届けもなく、不思議なことに死んだ女に心当たりのある者はどこにもおりませんでした」

「それは妙だな」

　ひとはひとりでは生きていけない。誰かと必ず触れ合って暮らしているはずだ。死んだ女とて、知り合いくらいはいるはずだ。

「とりあえず、無縁仏として埋葬しようと思いますが」

「いや、身元を示すものはなにひとつなかったのだ。このままでは、不明のままに終わる可能性がある。死体を塩漬けにし、もうしばらく保存せよ。なんとしてでも、身元を明らかにしたい」

女は襦袢をかけられただけの裸であり、身元を表すものは何もなかった。

「わかりました。そのようにいたします」

「しかし、どこからも反応がないのは妙だな」

「女は堅気《かたぎ》ではないようなので、水商売の女ではないかと思い、盛り場などを聞き込みしたのですが……」

「考えられることは、江戸者ではないということだな」

「はい。そうかもしれません。そうなると、見つけ出すのに時間がかかるかと……」

京之進は苦しそうな顔をした。

「その女を知っている人間が、何らかの事情で、あえて名乗って出て来ないという可能性もあるやもしれぬ」

身元がわからないのはなぜか。知っている人間がいないというのは江戸で暮らしている人間ではないということだろうか。

地方から江戸に出てきて、どこかに奉公したのなら、その奉公先の人間が行方不明を届けるはずだ。それとも、何らかの事情で、奉公先の者が届け出をしないのか。

だが、その事情が何かとなると、すぐには思い浮かばない。

まさか、世間と隔絶して暮らしていたわけではあるまい。

「その女、ひょっとして、盗人《ぬすっと》一味ではないのか」

横で聞いていた左門が口を挟んだ。

「なるほど、盗人一味か」

剣一郎は応じる。

「それなら名乗り出ない理由もわかる。病死した仲間を棄《す》てて、どこかに逃亡したのかもしれない」

「京之進。その線も考えてみよ」

「はい」

「死因はわかったのか」

「はい。検視では心の臓に関わる病で亡くなったのではということです。外傷はなく、病死に相違ないということです」

「病死にしても、亡骸《なきがら》を棄てるとは鬼畜にも劣る。死者が気の毒だ。まず身元の発見を第一に考えてもらいたい」

このままでは死者の霊が浮かばれないと、剣一郎は心を痛めた。

「わかりました。そのご報告をしなければとずっと思っておりましたので、今夜参上いたしました。では、私はこれで」

「京之進、ゆっくりしていけ」

剣一郎が言うと、左門もいっしょになって、

「遠慮せず、呑んでいけ」

と、勧めた。

「いえ、私はこれにて失礼させていただきます」

「そうか、可愛い女房どのが待っているからな」

左門がにやついて、

「京之進夫婦はいつまでも仲むつまじいという噂だ。まあ、早く帰ってやることだ」

「はい……」

京之進は照れながら、引き上げて行った。

「奴もいい男だ。同心としての腕もいい」

左門は満足そうに言う。

「奴が捕まえた者の吟味が一番楽だ。確たる証拠を揃えた上で捕まえるからな。同心とはかくあるべきだ」

「同感だ」

剣一郎は京之進がほめられてうれしくなった。

「ところで、いま、旗本の漆原家ともめているようだな」

左門が話題を変えた。

「武田紀和之輔という旗本の家来が無礼討ちした件だ。目撃者との言い分が食い違っている。その吟味に応じて欲しいと頼んでいるところだ」

「見通しはどうだ？」

「すんなり応じるとは思えない。だが、応じなければ御目付に訴えるつもりだ。左門」

「なんだ、そんな真剣な顔になって？」

左門が驚いたように言う。

「もし、武田紀和之輔が吟味に応じたら、左門にやってもらいたい。左門なら公平な吟味をしてくれるはずだからな」

剣一郎が危惧《きぐ》しているのは、仮に武田紀和之輔が吟味に応じたとしても、吟味与力が武士のほうに有利な判断をしないかということだ。

吟味の前に、長谷川四郎兵衛から釘を刺されても、それを撥ねつける勇気があるのは左門以外にいない。

「わかった。任せてもらおう。吟味に武士だとか町人だとか、そんなものは関係ない。重要なのはただ事実のみだ」

左門は力強く言った。

その夜、珍しく遅くまでふたりは呑んでいた。


翌日の夕方、剣一郎が木挽町の無礼討ちの現場にやって来ると、源兵衛店の大家の彦六をはじめ、長屋の者何人かが通行人に声をかけていた。

もうひとりの目撃者を探そうとしているのだ。事件が起きたと同じ時刻のほうが見つかりやすいと考えたようだ。

剣一郎は彦六に声をかけた。

「青柳さま」

彦六はあわてて頭を下げた。

「毎日、ごくろうだな」

「いえ、吾作の供養だと思えば、なんてことはありません」

「おや、あそこにいるのは？」

三十前後の中肉中背の男を見つけた。通りがかりの職人体の男に何か話しかけている。

「小間物屋の宗助さんです」

「そうか。宗助も目撃者を探してくれているのか」

「はい。もうひとりのひとの顔を見ているのは宗助さんだけですからね。わけを言ったら、喜んで引き受けてくださいました」

彦六は目を細めて言う。

吾作のためにこうして皆が頑張っている姿は美しいものだと感じ入りながら、剣一郎はその場を離れた。

さっきから不審な男が剣一郎を気にしていることに気づいていた。

剣一郎はあえて京橋川沿いに鉄砲洲稲荷《てっぽうずいなり》のほうに向かった。案の定、つけて来る。

中間《ちゆうげん》ふうの男が彦六らの様子を窺っていたのだが、剣一郎が現れてから矛先《ほこさき》を変えた。

射るような視線を剣一郎に向けていた。

武士がふたり、中間ふうの男の後ろからついて来る。

武田紀和之輔の仲間であろう。剣一郎は鉄砲洲稲荷の横から隅田川のほうに出た。

やはり、三人はついて来た。

稲荷社の裏側は樹が生《お》い茂り、薄暗くなっていた。

人気《ひとけ》のない場所に来て、剣一郎は立ち止まった。

「私に何か用か」

振り返って問いただす。

すでにふたりの武士は手拭いで面体《めんてい》を隠していた。

ふたりは無言で剣を抜いた。殺気が漂っている。

剣一郎は刀の鯉口《こいぐち》を切った。

「私を青痣与力と知ってのことか」

祖父の代からの山城守国清銘《やましろのかみくにきよめい》の新刀上作《しんとうじょうさく》の剣を静かに抜いた。剣一郎は江戸柳生《やぎゅう》の新陰《しんかげ》流の達人である。

正面に立った男は正眼《せいがん》に構え、横にまわった男は八相《はっそう》に構えている。正面の敵が間合いを詰めて来る間、もうひとりの男は徐々に背後にまわった。

間合いが詰まったとき、背後から斬りかかって来た。剣一郎は身を翻《ひるがえ》して相手の剣を避け、正面から斬りつけてきた敵の剣を鎬《しのぎ》で受け止めた。

「何者か」

相手の剣をぐいと押しつけて、剣一郎はきく。相手は懸命に踏ん張っている。

「まさか、武田紀和之輔の仲間ではあるまいな」

背後に殺気。剣一郎が力を抜き刀を外すと、相手は勢い余ってつんのめった。その間に、振り向きざまに背後からの敵の剣を弾き、返す刀で相手の脾腹《ひばら》を斬った。

うめき声を発し、背後から襲った侍は倒れた。

剣一郎は正面の敵に改めて対した。

「よいか。今度は容赦《ようしゃ》せぬ」

仲間がやられたのを見て、もうひとりの男は臆《おく》したようだ。正眼に構える剣が震えている。

「そんなへっぴり腰ではひとは斬れぬ」

剣一郎が一喝すると、相手は気力が萎《な》えたように後退《あとずさ》った。

「よいか。急所は外してある。この男を早く介抱してやれ。それから、武田紀和之輔に明日の昼までに奉行所に出頭するように告げるのだ」

剣一郎は刀を鞘《さや》に納め、来た道を戻った。

翌日、剣一郎は奉行所の与力部屋で武田紀和之輔を待っていた。

来るか来ないか。来なければ、御目付に訴えると言ってある。場合によっては漆原家までが事件の騒ぎに巻き込まれてしまうかもしれない。

そうならずに、武田紀和之輔個人の事件として処置すれば漆原家にとってもよいはずだ。

その道理がわからぬはずがない。だから、必ず来る。剣一郎はそれを期待した。

だが、昼をまわっても、来る気配はなかった。

宇野清左衛門がやって来た。

「青柳どの。来ぬようだな」

清左衛門が苦い顔で言う。

「はい。どうも、そのようです」

剣一郎は落胆した。

武田紀和之輔は旗本漆原主水正の寵愛を受けていた男らしい。最後まで、漆原家はかばい立てするつもりのようだ。

「もうしばらく待つか」

「いえ、この時間になって来ないのは、来るつもりはないからでしょう」

いつまで待ってもきりがない。剣一郎は踏ん切りをつけた。

「証拠書類を添えて、御目付に……」

剣一郎は清左衛門に言う。

「あいわかった」

清左衛門が答えたとき、剣之助が飛んで来た。

「ただいま、漆原家の使いの者が見え、口上だけ告げて引き上げました」

剣一郎の胸に微かな不安が兆《きざ》した。

「漆原家家来、武田紀和之輔儀、先程、屋敷内にて切腹し果てたとのこと。ご検分を願いたいとのことでした」

「しまった」

剣一郎は覚えず無念の声を発していた。

四

京を発って三日目、石薬師《いしやくし》を過ぎ、四日市《よっかいち》に向かっていた。

京の三条大橋を出立し、その夜は石部《いしべ》に、きのうは庄野《しょうの》に泊まった。そして、いよいよ四日市に近づき、追分《おいわけ》にさしかかった。

「ここは伊勢《いせ》街道と分岐している」

卯之助が歩みを緩めて言った。

伊勢街道に大鳥居が見えた。

郁太郎はそれを眺め、

「お伊勢さんですか。一度は行ってみたいものです。無事、お役目を終えたら帰りには寄りましょうか」

郁太郎は素直な気持ちで言った。

「これから行こう」

「えっ、これから？」

郁太郎は耳を疑った。

「なんだ、その顔は？」

「だって、物見遊山《ものみゆさん》ではないんです」

「よいか。帰りに寄ろうというのは間違いだ。市九郎を討ち果たし、福井に帰るときは一刻も早く着きたいと思うようになる。帰りに、伊勢参りしようったって、その気にはならない」

「そうかもしれません」

卯之助の言い分にも一理あると思った。

「市九郎は江戸に向かったことはわかっているのだ。今はのんびりすべき時期だ。伊勢神宮に、無事市九郎を討ち果たすように祈願すればよい」

「ここから白子《しろこ》、津《つ》、松阪《まつさか》などを通って伊勢神宮の内宮《ないくう》まで十六里（六十四キロ）ですか。すると、二日で着いてその夜伊勢で泊まって次の日にこっちに戻れば、三日だけ遠回りするだけですね」

郁太郎は道中記を広げて言う。

「いや、内宮、外宮《げくう》とじっくり見るなら三日ぐらい泊まらんとならんだろう」

「三日ですって？」

郁太郎は不審を持った。

もう一度、道中記に目をやる。

「やはり、そうでした」

「やはりとはなんだ？」

「遊廓ですね」

内宮と外宮の間に位置する古市《ふるいち》には、京の島原、江戸の吉原と並ぶ遊廓がある。卯之助の目的はそこなのだ。

「私はやめます」

郁太郎は腹が立った。

「ばかな奴だ」

卯之助は口元に冷笑を浮かべた。

「じゃあ、私はひとりで江戸に行きます」

「仕方ないな。江戸で会おう」

卯之助は伊勢街道に曲がって行った。

なんてひとなんだと、郁太郎は不快な思いで歩きだした。

明るい陽差しの東海道を急ぐうちにだんだん怒りも収まってきた。ひとりになってかえって清々した。

四日市を過ぎ、半刻（一時間）もかからず桑名《くわな》の城下に入った。

ここで名物の焼き蛤《はまぐり》の昼食をとり、桑名城を見ながら桑名の渡船場から船に乗り尾州《びしゅう》の宮まで行った。七里《しちり》の渡しである。

途中、見かけた女連れの旅人の姿が見えないのは、海の上を避け、遠回りになっても陸路を行ったのだろう。

宮に着いたときは夕暮れていた。宮の宿場は宿屋の数も二百軒以上あり、本陣、脇本陣もあり、相当な賑《にぎ》わいだった。

郁太郎は飯盛女のいない旅籠《はたご》に草鞋《わらじ》を脱いだ。

風呂に入り、夕飯をとり終え、窓から月を眺めたとき、急に家のことを思い出した。この月は家の窓からも見える。だが、母は見ることが出来ないのだ。日々の暮らしに困ってはいないだろうか。久恵が面倒を見てくれていても、夜はひとりぽっちだろう。

（母上）

郁太郎はつい感傷的になった。

母を思い出したせいか、急にひとりぽっちになった寂しさが押し寄せてきた。卯之助のような男でもいないと寂しかった。

翌日は宿を出立してから、まず熱田神宮《あつたじんぐう》に行った。

日本武尊《やまとたけるのみこと》が伊勢で拝受した神剣、草薙《くさなぎ》の剣がご神体である。社殿に柏手《かしわで》を打ち、事の成就を祈った。

それから、改めて街道を東に向かった。

「お侍さん」

いきなり後ろから声をかけられ、郁太郎は戸惑《とまど》った。女の声だ。女に呼び止められるはずがないので、そのまま先を急いだ。

また、お侍さんという声が、今度はすぐそばで聞こえた。

郁太郎が歩を緩めると、横に並んだ女がいた。薄紅色の手甲脚絆《てっこうきゃはん》、菅笠《すげがさ》に杖《つえ》を持っている。

年増だが、きりりとした顔つきの美しい女だった。

「さっきから呼んでいるのにどんどん行ってしまうんだもの」

息を切らして言う。

「それはすみませんでした」

なぜ謝らねばならないのかわからないが、とりあえず謝ってから、

「私に何か用ですか」

と、郁太郎は訝しく訊ねた。

「お願い。ごいっしょしてくださらない。妙な男がずっとついて来るのよ」

そう言って、女は後ろを向いた。

郁太郎も振り向くと、振り分け荷物を肩にかけ、道中差しを腰に棒縞の着物を尻端《しりっぱ》折《しょ》りした男が歩いている。

「あの男は何者なんですか」

「わからないわ。宮からずっとつけて来るのよ。あたしが茶店で休むと、向こうも同じように休む。気味悪いったらありゃしない。ほら、今もこっちに合わせて、足の速さを緩めたでしょう」

確かに、男はゆっくりになった。

かといって、この女を素直に信じていいかわからない。後ろから来る男とぐるかもしれないのだ。

「お侍さんはどこまで？」

「江戸です」

「まあ、江戸」

「姐《ねえ》さんは？」

「あたしは三島《みしま》。そこで芸者をやっていたのさ」

「三島の芸者さんがどこへ行って来たんですか」

「お伊勢さんよ」

「えっ？　ひとりで？」

「旦那《だんな》といっしょだったんだけど、はぐれちゃったから、ひとりで帰って来てしまったのさ」

いっしょに歩きだしたが、郁太郎は警戒した。女がほんとうのことを話しているかどうかわからないのだ。

有松《ありまつ》絞《しぼ》りや鳴海《なるみ》絞りで有名な鳴海を過ぎてから、

「姐さん。私はきょうは赤坂《あかさか》か御油《ごゆ》まで行くつもりです。姐さんは？」

と、郁太郎はきいた。

「じゃあ、あたしもそこまで行くわ」

「でも……」

女の足でだいじょうぶかときこうとしたが、女は澄ました顔でいる。

池鯉鮒《ちりゅう》に着いたが、昼にはまだ間がある。ここから、次の岡崎《おかざき》まで三里三十町（十五・五キロ）。郁太郎は女に声をかけた。

「姐さん、休んで行きますか」

「いいわ。このまま行きましょう。それから、あたしの名はお春《はる》。お侍さんは？」

「私は小谷郁太郎です」

「そう、じゃあ、急ぎましょうか」

お春は後ろを気にして言う。

相変わらず、例の旅人は一定の距離を保ってついて来る。

「あそこに見えるお寺の向こうの松林の奥で、毎年五月に牛馬の市が立つんですってよ。郁太郎さんは馬は？」

「馬に乗れるような身分じゃありませんよ」

郁太郎は苦笑して答える。

途中の立場《たてば》でも休むことなく、先を急ぐ。しかし、急いでも仕方ないのかもしれない。

江戸に着いたとしても、すぐに市九郎を探し出せるとは限らない。いや、探し出せないだろう。

卯之助の言うように、長い目で見なければならないのだ。

昨夜は孤独を覚えた。ひどく母のことが思われ、久恵の顔が脳裏を掠《かす》め、左右田淳平の声が蘇った。

お役目を果たし、福井に帰れば中士に昇格出来るのだ。母も喜び、久恵も嫁に出来るだろう。その思いが郁太郎を支えている。

だが、ひとり旅の孤独が身に染みだして来た。ひとりだとほとんど口をきくこともない。孤独の寂しさが癒《いや》されるなら、この女が盗人の手先かなにかだとしても構わない。そんな気になった。

きっと今ごろ、卯之助は伊勢の近くにたどり着いているだろう。今夜は古市の遊廓で遊ぶことだろう。

京では島原の遊廓に三日間も通い詰め、今度は伊勢の遊廓を目指す。その満ちあふれる生気がうらやましくもある。

大きな川に行き当たった。矢作川《やはぎ》である。額田《ぬかた》郡の東部山地から流れる大平《おおひら》川、東三河《みかわ》の豊川《とよかわ》とともに三河の国名の起源となった川だ。

矢作橋を渡り、岡崎の城下に入った。

城下に入ると、道は右折したり、左折したり、幾度も曲がる。城の防備のために、どの城下も道は曲折を繰り返しているが、ここの城下は二十七曲がりという。

「郁太郎さん。岡崎女郎衆と遊んで行きたいんじゃないの」

いきなりお春が言った。

「女郎?」

「ここの女郎はほとんど伊勢から来ているそうよ。伊勢の女はいいらしいわ」

お春がからかうように言った。

「やめてください。私は大事な任務を帯びているのです。そんな浮ついた気持ちは持ち合わせていません」

「あら、怒ったの？　ごめんなさい」

「別に怒ったわけではありません」

伊勢の女と聞いて、卯之助を思い出したのだ。なんだか、卯之助といっしょにされたような気がしてつい語気を荒らげてしまったが、郁太郎はすぐに反省をした。

「どこかで昼食をとりましょう。お腹が空きました」

郁太郎は明るい声で言った。すでに昼時を過ぎていた。

「ええ」

岡崎は八丁味噌《はっちょうみそ》の本場で、焼いた味噌で昼食をとってから岡崎を出立した。やはり、例の男がついて来る。

「いったい何者なんですか」

振り返りつつ、郁太郎はきいた。

「さあ」

お春はとぼけた。

お春の仲間かもしれないと気を引き締めた。だが、街道を進み、最初の立場を過ぎたときに振り返ると、例の男のまわりに三人の仲間が増えていた。

お春の顔に微かに笑みが浮かんだように思えた。

五

二月十一日の朝、剣一郎は宇野清左衛門とともに長谷川四郎兵衛に呼ばれた。すでに、お奉行は登城したあとだった。

長谷川四郎兵衛はすぐに口を開こうとしなかった。どうやら、怒りに震えて、声がうまく出せないようだった。

一昨日、武田紀和之輔が屋敷内の自分の部屋で切腹した。知らせを受け、検分のために、剣一郎は屋敷に赴いたそのときのことを思い出す。

すでに武田紀和之輔は逆さ屏風《びょうぶ》の前で、北枕で横たわっていた。

その前で、用人は剣一郎を罵倒《ばとう》した。

「そなたが、あらぬ疑いをかけたために武田紀和之輔は死んだのだ。そなたが殺したも同然。この責任、いかがとるのか」

襖《ふすま》の向こうで、家来たちが剣を構え、いまにも斬り込んで来そうな殺気が漲《みなぎ》っていた。

「武田どののご冥福をお祈りいたします。しかれど、なぜ、死んだのか、私には残念でなりませぬ。身が潔白であれば、なぜ、堂々と出て来て、そのことを弁じなかったのでありましょうか」

武田紀和之輔の死を悼《いた》みながらも、剣一郎は非は非として論じた。

「いまとなっては申しても詮《せん》ないことでありますが、無礼討ちにあった側にも言い分があり……」

「黙られよ。武田紀和之輔は我が殿がお目をかけていた家来である。そのものとたかが甘酒売りの年寄りが対等だとでも言うのか」

剣一郎は腹の底から怒りが込み上げた。

「ご用人さま。いまのお言葉、聞き捨てには出来ませぬ。確かに身分の差はございましょうがひとの命に軽重はありませぬ。他のご家来さまが武田どのの死を悲しんでいるように、無礼討ちに遭った者の知り合いたちも慟哭《どうこく》しております」

おゆきの悲しみを思うと、剣一郎は黙っていられなかった。

「おのれ」

そのとき、襖ががたっと音がした。今にも飛び出そうとしているのだ。

「落ち着きなされ」

剣一郎は襖の向こうにいる者たちに声を張り上げた。

「漆原家をお取り潰しにするつもりか」

その言葉に、用人もはっとした。

「検分に来た南町奉行所の与力に刃を向けることは奉行所に楯突くことになります。漆原家存亡の事態になりかねませぬぞ。その覚悟があれば、かかって来なさい。青柳剣一郎、漆原家五千石と道連れになる覚悟は出来ております」


「青柳どの」

長谷川四郎兵衛の声で、剣一郎は我に返った。

「とんでもない事態になった。いったい、この責任をどうとると言うのだ?」

怒りから震え声だ。

「相手に死なれたことはまことに残念でなりませぬ。これで、源兵衛店の彦六らが納得してくれるかどうか」

吾作の名誉が回復されないまま、ことは終焉《しゅうえん》を告げてしまうのだ。

漆原家のほうでは、武田紀和之輔の切腹は奉行所の与力に追い詰められたためと主張するであろう。

そのことが厄介《やっかい》であった。

案の定、四郎兵衛はそのことを口にした。

「昨夜、お奉行は漆原主水正さまのお屋敷に呼ばれた。家臣が青柳どのから謂《い》われなき疑いを受け、死を選んだと抗議を受けたのだ。漆原さまは、このままでは済まされぬとたいそうなご立腹だそうだ」

「しかしながら、自害したことは自らの責任を感じてのことではありますまいか」

剣一郎は一歩も引かずに言う。

「まだ、そのようなことを」

「何度も申し上げます。奉行所は江戸の町の治安の維持という職責もございます。ところが武家による斬り捨て御免の無礼討ちなどがむやみに罷《まか》り通っては、武士に対する町のひとびとの不信感を増し、やがては対立するようになってしまいます。それより……」

「やめんか。そんな青臭い意見など聞きたくもない。よいか、旗本を敵に回し、奉行所がたいへんなことになったらなんとするのだ」

「長谷川どの。旗本を敵に回すとはどのようなことでございましょうか」

宇野清左衛門が口を挟んだ。

「なに？」

「旗本といえば、お奉行とてお旗本ではありますまいか。奉行の任を解かれたとき、お奉行が困るから漆原さまを怒らせるような真似をするなということでござるか」

「奉行所のことを言っておるのだ」

「奉行所のことなら、この宇野清左衛門が責任を持ちます。もし、漆原どのから何か言って来たら、宇野清左衛門に言えとお伝えくだされ」

「そなたたち、手を結びおって」

「これは異なことを」

清左衛門は驚いたように言う。

「我らは役目を忠実に果たしているだけでござる」

「よいか。漆原さまは老中の松平出雲守さまと親しいお方。ご老中に、南町の横暴を訴えるに違いない」

「それは逆恨みもいいところ」

清左衛門が眉根を寄せ、

「長谷川どの。私が漆原さまにお話をしに行きましょう。どうぞ、その段取りをつけていただけましょうか」

と、迫るように言った。

「宇野さま。私も参ります」

剣一郎も言う。

「いや。ここは私のみがよいであろう」

清左衛門は四郎兵衛に目をやり、

「よいですか。漆原どのがご老中に訴えられるのはまったくの筋違い。それでも、ご老中と親しい間柄ということであることないことを訴えられるというのなら、奉行所としても黙ってはおられませぬ」

「…………」

四郎兵衛は言葉に詰まった。

「もし、素直に漆原さまが引き下がるのであれば、我らも不服ながら、この一件はこれにて打ち切るつもりでござる」

そのことは、剣一郎と確認済みであった。

おそらく、武田紀和之輔は漆原主水正から腹を切るように暗に命じられたのではないか。このまま、御目付に訴えられたら武田紀和之輔に非があることが明白になる。

そこで、漆原主水正は機先を制したのだ。

しかし、死者に鞭打《むち》つ気はない。武田紀和之輔の死に免じて、彦六らにはこれで納得してもらう他ない。

確かに、無礼討ちの理由とされた、武家への暴言を吐いたという、吾作の濡れ衣が晴れたとはいえないが、それでも事情を知る者はみな吾作のことを信じるはずだ。

このことをもって、宇野清左衛門は漆原家を訪れると言っているのだ。

「どうか、申し入れをしてくだされ」

再度、清左衛門は迫った。

「わかった。申し入れておく」

四郎兵衛は憤然と立ち上がった。

「青柳どの。そなたがいけば、相手は硬化するだろう。ここは私に任せてもらいたい」

「申し訳ございません」

「なあに、これしきのこと。まあ、罵倒されるのを聞き流してくれればよいこと」

清左衛門は苦笑してから、

「それより、彦六のほうを頼む」

と、真顔になった。

「畏《かしこ》まりました」

剣一郎は頷き、最後の仕事のために立ち上がった。

奉行所の門を出てから、剣一郎は立ち止まって空を見上げた。厚い雲に覆われていた。

昼前なのに薄暗い。

剣一郎は着流しに巻き羽織で、小者を従えて、数寄屋《すきや》橋御門をくぐった。お濠沿いを京橋川まで行き、比丘尼《びくに》橋の手前を右に折れ、川沿いを南八丁堀に向かった。いまにも降り出しそうな空模様なので、行き交うひとは急ぎ足だった。

源兵衛店につき、大家の彦六の店に入った。

「これは青柳さま」

彦六はあわてて居住まいを正した。

「話がある」

剣一郎が言うと、彦六は、

「狭いところですが、上がってください」

と、勧めた。

「出来たら、長屋の主立った者にも聞いてもらいたいのだが、仕事に出ている時間だな」

「へえ、でも、何人かはおりますが」

「そうか。では、いっしょに聞いてもらいたい。吾作の家ではどうか」

「わかりました」

彦六は真顔になった。重大な話だと悟ったのだろう。

剣一郎は彦六と長屋の路地に入り、まず、桶職人の幾造のところに顔を出した。そうやって、次々に顔を出し、全部で彦六を含めて五人が吾作の家に集まった。

小さな仏壇に吾作の位牌がある。そこに目をやってから、剣一郎は切りだした。

「まず、知らせなければならぬのは、吾作を斬った武田紀和之輔が昨日、切腹した」

「切腹ですって」

幾造が甲高《かんだか》い声を出した。

「そうだ。最期まで、非はないと言い張りながら死んで行った」

「そうですか。死にましたか」

彦六は位牌に目をやった。

「なぜ、死んだんですかえ。やっぱし、逃れられないと観念したんでしょうか」

幾造がきく。

「いや。主家に迷惑がかかることを恐れてのことであろう」

それを恐れたのは漆原主水正のほうで、武田紀和之輔は詰腹を切らされたのではないか。だが、証拠がないゆえ、剣一郎はその考えは言わなかった。

「青柳さま。で、これからどうなるんでしょうか」

彦六が不安そうにきいた。

「話はそのことだ。武田紀和之輔に死なれたことは誠に残念だ。まさか、死ぬとは思わなかった」

無念そうに顔をしかめて言ってから、剣一郎は改めて頭を下げて続けた。

「相手が死んだいま、これ以上、死者を鞭打つことはいかがなものかと思う。吾作の濡れ衣が晴れたわけではないが、心あるものならどっちに非があったかは明白だ。そういうことで、納得してもらえまいか」

「青柳さま。どうぞ、頭をお上げなすってください」

彦六があわてて言う。

「どうだ、みな。青柳さまの仰るとおりだ。こうなってみると、武田紀和之輔ってお侍も可哀そうなものだ。あの世の吾作さんも、これで納得してくれるんじゃねえか」

「そうだ。吾作さんもこれでいいって言ってくれると思うな」

幾造も応じた。

「すまない」

剣一郎は頭を下げた。

「なにを仰いますか。私らの訴えをちゃんとお聞き入れくださり、事件の再調べをなすってくださいました。私たちにとって、どれほどありがたかったか」

彦六が言うと、他のものたちも口々に感謝の言葉を口にした。

「そう言ってもらうとうれしい」

剣一郎は心の中にさわやかな風が吹き込んでくるのを感じていた。


その夜遅く、剣一郎は宇野清左衛門の屋敷を訪れた。

すでに、夜の五つ半（九時）をまわっていた。

「夜分に恐れ入ります」

清左衛門の居室に招かれた剣一郎はまず夜の遅い時間の訪問を詫びた。清左衛門は常着に着替えたばかりのようだった。

「なんの。わしも青柳どのを呼び出そうと思っていたところだ」

ふたりとも、自然に声を潜めていた。

「彦六のほうはいかがだったかな」

「はい。納得してもらいました」

「そうか。それはよかった」

「漆原さまのほうは、いかがでしたか」

今度は剣一郎のほうがきいた。

「なんとか、話がついた」

清左衛門はほっとしたように言った。

「さようでございますか。ごくろうさまにございます。いろいろ、責められたのではありませんか」

剣一郎は清左衛門の疲れた顔を見た。

「やはり、そうでございますね」

「うむ」

清左衛門は妻女がいれてくれた茶をひと口すすってから、

「最初は、青柳という与力の首を差し出せとすごい剣幕だった。だから、武田紀和之輔が無辜《むこ》の人間を問答無用に斬ったのだと話した。当然、聞く耳は持たなかった」

清左衛門は苦笑した。

「漆原どのはご老中に訴えると言われたので、もし、それをなさるのならこちらも御目付に話を通す。そうなったら、御家に傷がつきましょうと返したら、言葉に詰まっておった。最後には、武田紀和之輔が私的に事件を起こし、御家に迷惑をかけないために自害したということになった」

「いろいろご苦労さまでございました」

剣一郎は清左衛門の労を謝した。

武田紀和之輔に詰腹を切らせたという疑いもあるが、これ以上、相手を追い込めば、逆恨みから何をして来るかわからない。

だから、これが落とし所だったのだ。

「いずれにしろ、根底にあるのは我らに対する蔑《さげす》みだ」

清左衛門は不快そうに口元を歪めた。

「こうも言っていた。善し悪しにかかわらず、武士同士はお互いに庇《かば》い合うものだが、卑《いや》しい者にはそんな思いは通じぬようだと」

町奉行所の与力、同心は罪人を扱うので、武士仲間から卑しめられている。そういう卑しい与力から追及されることを理不尽に思っているのであろう。

「町人の命も犬猫のように思っているのです。じつは、これは証拠がないゆえ、黙っておりましたが、先日、ふたりの武士に襲われました」

「ほんとうか」

清左衛門が顔色を変えた。

「はい。おそらく、武田紀和之輔の仲間だったのでしょう」

「なんという汚い連中だ」

「でも、これで、斬り捨て御免は通用しないことを少しは知らしめられてよかったと思いますが」

「そうだの」

清左衛門の表情が翳《かげ》ったのを見逃さなかった。

「宇野さま、何か」

剣一郎はきいた。

「いや、考え過ぎだと思うが……」

清左衛門は渋い顔をし、

「漆原主水正どのは、どうも執念深いお方のようだ。何かあったとき、牙《きば》を剝《む》いてくるやもしれぬ。十分に気をつけられよ」

ひとを使い、闇討ちに襲いかかってくるかもしれないと、清左衛門は心配したのだ。

「十分に気をつけます」

先日の襲撃を思えばあり得ることだと、剣一郎は思った。

六

その日の夜、郁太郎とお春は東海道を外れ、姫《ひめ》街道の気賀《きが》に宿をとった。

きのうは赤坂に泊まった。そして、きょうは舞阪《まいさか》まで行くつもりだったが、お春が新居《あらい》の関を通りたくないと言った。

新居と次の宿の舞阪の間に浜名《はまな》湖の湖口が広がっている。船で渡らねばならない。今切《いまぎれ》の渡しである。

その渡船場の前に新居の関がある。関所を避けたいと、お春が言うのだ。女の旅人には取締りが厳しいという。

それで御油から姫街道に入ったのだ。東海道はなだらかな街道だが、姫街道は上り下りを繰り返す山道だった。それでも新居の関所を避けてきたのか何人もの女の旅人とすれ違った。

豊川を過ぎてから三河と遠江《とおとうみ》の国境にあたる本坂《ほんざか》峠を越え、三ヶ日《みっかび》を過ぎ、ようやく気賀宿の旅籠に入ったのだ。

「あの連中、ついてきませんでしたね」

郁太郎は夕食をとりながら言う。

赤坂宿を出たとき、宿場口で待っていた男は郁太郎とお春をやり過ごしてからあとをついて来た。

ところが御油から姫街道に入ったが、男たちはそのまま東海道を進んだのだ。途中、何度も後ろの様子を窺ったが、男たちの姿はなかった。

「そうね。でも、変だわ」

お春は不思議そうな顔をした。

「何が変なんですか」

「だってずっとあとをつけてきたのよ」

「勘違いだったんじゃないですか」

「そんなはずないわ」

膳につけてもらった酒を呑み、お春はほんのり目の縁《ふち》を染めていた。

「まさか、浜松で待ち伏せているんじゃ……」

郁太郎が言うと、お春は眉根を寄せた。

「だいじょうぶですよ。お春さんには指一本触れさせませんよ」

赤坂宿の旅籠では部屋を別々にとったが、ここはすべて部屋が埋まっているらしく、同じ部屋で休むことになった。

「お酒、もらいましょう」

お春は手を叩く。

やって来た女中に酒を追加した。

「そんなに呑んでだいじょうぶですか」

「だいじょうぶよ」

風呂上がりの肌も淡く紅色に染まりなまめかしく、郁太郎は息苦しくなった。

酒が運ばれて来た。お春は手酌で呑む。

「お春さんはほんとうに三島の芸者さんなんですか」

お春は酒をぐっと呑んでから、

「旦那と伊勢参りに行ってはぐれたと言ったけど、ほんとうは違うの。桑名のお大尽《だいじん》に落籍《ひか》されて、桑名に一時期住んでいたのよ。でも、業突張《ごうつくば》りなので、いやになって、逃げ出して来ちゃったのさ」

「逃げ出した？」

「ええ、旦那のお金を少しいただいてね。それで、怒って追手を差し向けたんでしょう」

「そうだったのですか。でも、桑名のお大尽がどうして三島の芸者さんを？」

「所用で三島までやって来たとき、いつも芸者を呼んで遊んでいたのよ。私に一目惚れしたらしいわ。そんな話、もういいでしょう。さあ、郁太郎さんも呑みなさいよ」

「私は下戸《げこ》で」

郁太郎は用心して言った。

「ふん、つまらないわ」

お春はひとりで呑み続けた。

郁太郎は立ち上がった。

「あら、どこへ」

「厠《かわや》です」

部屋を出て、廊下を曲がった突き当たりにある厠に行く。

用を足したあと、小窓から夜空を見ると、山の端に月が出ていた。妙なことでお春と道連れになったが、ほんとうは早く江戸に行きたいのだ。

市九郎を見つけ出し、早く使命を終えて帰りたい。

部屋に戻ると、お春の姿がなかった。郁太郎は窓辺に寄った。窓の下を見ると、こんな遅い時間に宿場に到着した旅人がいた。

侍のようだ。その侍の旅人は窓の下を通り、別の旅籠に向かった。

郁太郎ははっとした。まさか、と思った。卯之助に似ていた。そんなはずはない。卯之助はまだ伊勢にいるはずだ。

しかし、気になる。郁太郎は侍のあとを追おうと部屋を出た。そこに、お春が立っていた。

「あっ、驚いた」

お春は目を丸くした。

「郁太郎さん、どこへ」

「いや」

郁太郎は曖昧《あいまい》に答える。

「厠から戻ったら、お春さんがいないので」

「ちょっと酔い醒《ざ》ましに庭に出ていたの」

そう言うと、いきなりよろけて郁太郎の胸に倒れ込んで来た。

「だいじょうぶですか」

白粉《おしろい》の匂いが鼻を刺激した。

「だいじょうぶよ」

お春は郁太郎の体にしがみついた。

「さあ、こっちへ」

お春を部屋の中に連れ込み、膳の前に座らせる。胸元がはだけて、郁太郎は目のやり場に困った。

翌朝、郁太郎とお春は旅籠を出立した。

昨夜はふとんを並べて寝た。お春は側に郁太郎がいるのもお構いなしに着替えをする。

寝ていても、女の体臭が郁太郎を落ち着かなくさせた。

寝つけず、きょうはいささか寝不足で頭が重かった。

気賀の関所をなんなく抜けた。江戸のほうから西に向かう女の旅人、つまり出女に厳しいだけだった。

これなら、新居の関所とて同じだったのではないかと思ったが、郁太郎はあえて口にしなかった。

やがて、三方《みかた》ヶ原《はら》の台地に出た。徳川家康と武田信玄《たけだしんげん》の合戦で有名な古戦場である。

「お春さん、気をつけて」

郁太郎は立ち止まった。

いつの間にか、四人の男がふたりを取り囲んだ。裾を尻端折りしたやくざふうの男がふたりに浪人がふたり。

「なんだ、おまえたちは？」

「その女を渡してもらおう」

肩幅の広いやくざ者が道中差しを抜いて迫った。

「断る。とっとと失せろ」

お春を後ろにかばって、郁太郎は声を張り上げた。

「じゃあ、痛い目をみるぜ」

男は道中差しを振りかざした。郁太郎は斬り込んで来た男の手首を掴み、腕をひねり上げた。

出した。

「どけ。俺が相手だ」

すり切れた袴《はかま》を穿《は》き、いかにも食い詰めたようなむさい姿の浪人が髭面《ひげづら》の顔を突き出した。

浪人は無造作に剣を抜く。

「お春さん。離れて」

お春を後方にやり、郁太郎は剣を抜いた。

「少しは出来るようだな」

髭面の浪人は余裕の笑みを浮かべた。

郁太郎は焦った。市九郎を追う大事な体だ。このような相手にかかずらわって、怪我《けが》をしたら元も子もなくなる。

だが、お春の苦境を救わねばならない。

郁太郎は正眼に構えた。浪人は切っ先を右下に向けたまま、静かに迫る。もうひとりの浪人が、郁太郎の背後にまわった。

その浪人が剣を抜くのがわかった。郁太郎は左半身になり、両脇を締め、剣を脇構えにとり、切っ先を後方に向けた。

目は鋭く、正面の敵を見据え、切っ先は背後の男を牽制《けんせい》した。

両者が徐々に間合いを詰めて来た。そのとき、誰かが駆け込んで来た。

「待て」

侍が抜刀し、郁太郎のそばに駆け寄った。

「あなたは……」

卯之助だった。

「おまえたち、誰に頼まれた?」

卯之助は浪人に向かった。

遠くで、郁太郎さんという悲鳴が上がった。

「あっ、お春さん」

お春がやくざ者に連れ去られようとしていた。郁太郎が追いかけようとすると、背後にいた浪人が斬りかかって来た。

郁太郎は相手の剣を弾き、続けざまに小手を狙った。相手は体を引いて避けたが、郁太郎の剣はさらに追った。浪人は尻餅をついた。

卯之助の前で、もうひとりの浪人がうずくまっていた。

浪人を放って、郁太郎はお春のあとを追おうとした。

「無駄だ」

卯之助が声をかけた。

どこにもお春の姿もやくざ者もいなかった。

郁太郎は唇をかみしめた。

「おい、だれに頼まれた？」

卯之助がうずくまった浪人に剣を突きつけていた。

「名前はしらねえ。商人ふうの男だ」

「どこで頼まれた？」

「岡崎の城下だ」

浪人はふてくされたように答える。郁太郎が追い詰めた浪人はとうに逃げてしまった。

「どのように頼まれた？」

「女といっしょにいる侍を斬れということだ」

浪人はちらっと郁太郎を見た。

「わけは聞いたか」

「いや、聞いてない」

「よし。行け」

卯之助が言うと、浪人は剣を拾い、あわてて気賀宿のほうに逃げて行った。

「卯之助さん。いったい、どうしてここに?」

やはり、きのう見かけたのは卯之助だったのだ。

「それはあとだ。ともかく、ここを離れよう」

有無を言わさず、郁太郎を引っ張って、卯之助は浜松のほうに向かった。

第三章　刺《し》客《かく》

一

二月十三日の夕方。剣一郎は心がすっきりしなかった。武田紀和之輔に死なれてしまったことは無念としかいいようがなかった。

仲間の侍を使って、剣一郎の動きを封じようとした男だ。まさか、そのような男が死を選ぶとは想像もしていなかった。

いや、やはり、漆原主水正に詰腹を切らされたのだろう。紀和之輔は泣く泣く腹を切ったに違いない。

それに、まだ柳原の土手で見つかった死体の身元がわからない。きょうで、死体発見から二十日になろうとしていた。

陽が陰り、部屋の中が薄暗くなってきた。そろそろ行灯《あんどん》に火を灯す頃だ。廊下からひと影が現れた。

時次郎がやって来たのだ。

「青柳さま。宇野さまがお呼びにございます」

「あい、わかった」

剣一郎のそばにやって来るのはいつも時次郎で、剣之助が来ることはない。宇野清左衛門も気を使っているのだろう。

きのう一日、奉行所で過ごし、きょうも一日、奉行所にいた。武田紀和之輔の件で、お奉行から呼び出しがあるかと思ってのことだったが、長谷川四郎兵衛からも声はかからなかった。

お奉行は朝四つ（午前十時）に登城し、昼八つ（午後二時）過ぎに城を出る。もうとっくに奉行所に戻っているはずだが、呼び出しはなかった。

剣一郎は年番方の部屋に宇野清左衛門を訪ねた。

しかし、机の前に清左衛門はいなかった。

「青柳さま」

声をかけてきたのは年番方の同心だった。

「宇野さまはこちらでございます」

同心は隣の部屋に案内した。

剣一郎が入って行くと、清左衛門と額をよせるようにして話し合っている者がいた。剣一郎はしばし、声をかけるのが憚《はばか》られた。

清左衛門が気づいて、

「青柳どの、これへ」

と、声をかけた。

と同時に、背中を向けていた客人が振り向いた。

「あっ、これは原田《はらだ》どの」

御徒《おかち》目付組頭の原田宗十郎《そうじゅうろう》であった。若年寄の耳目となって、旗本や御家人などを監察するのが御目付で、その御目付を補佐し、巡察・取締りをするのが御徒目付である。

これまでにも何度か、原田宗十郎とは旗本・御家人がらみの事件で顔を合わせていた。

組頭の原田がじきじきに奉行所にやって来たことで、剣一郎は武田紀和之輔の事件との関係を考えた。

「青柳どの。このたびはたいへんだったそうですな」

原田はそのことを口にした。

武田紀和之輔に関わる件は当然ながら御徒目付の耳に入っていたようである。

「はい。誠に」

剣一郎が苦笑して答えると、原田が眉根を寄せ、

「じつは、その件で」

と、声を潜《ひそ》めた。

「何か」

宇野清左衛門も訝《いぶか》しげな目を原田に向けた。

「きのう、御目付より南町の青柳剣一郎なる与力を監察せよというお達しを受けました」

「ということは……」

清左衛門が顔色を変えた。

「さよう、ご老中のどなたかが若年寄に命じたものと思えます」

目付は若年寄、奉行所は老中の支配下にある。

「松平出雲守だ」

清左衛門が不快そうに言った。

「漆原主水正が出雲守さまに泣きついたに違いない。藪蛇《やぶへび》になるやもしれぬのに」

かえって、武田紀和之輔の非が明るみに出るということだろう。しかし、武田紀和之輔はすでに死んでおり、真相は藪の中だ。

漆原主水正にとっては、剣一郎を苦しめればいいということかもしれない。

「まあ、いやがらせです」

原田が苦い顔で言い、

「それだけでなく、青柳どのが武田紀和之輔の件を御目付に訴えた場合に備えて、前もって手を打っておいたとみることも出来ます」

「なるほど。奉行所が御目付に報告したら、それは問題ある与力によるものだとして言い逃れるつもりか」

清左衛門が汚いものを吐き捨てるように言った。

「我らは青柳どののことをよく知っており、監察する気など毛頭ありません。が、若年寄から御目付に、そんな下知があったことだけお知らせしようと思いまして」

「原田さまのご好意、ありがたく」

剣一郎は頭を下げた。

「ただ、漆原どのには重々、お気をつけなさったほうがよいかもしれませぬ。もともと、松平出雲守さまとの関係から、かなりな権勢とか。それが、自分の寵愛していた家来を失ったことで、相当な逆恨みをしているようです」

「わかりました。心しておきます」

剣一郎は身を引き締めて答えた。

「じつは、私も無礼討ちの件で、非は武田紀和之輔にあるとの報告を受けておりました」

御徒目付が聞き及んだに違いない。

「武田紀和之輔は詰腹を切らされたに違いありませぬが、その証拠はありません。いずれにしろ、漆原どのに理非を問うても聞く耳は持ちますまい」

「困った御仁だ」

清左衛門が不快そうに顔をしかめた。

「では、私はこれで。長谷川どのにはご挨拶せずに帰りますが、よしなにお伝えを」

原田宗十郎は腰を浮かせた。

「そこまでお送りを」

剣一郎も立ち上がった。

原田宗十郎を門まで見送り、引き上げかけたとき、同心詰所の奥から植村京之進が羽織姿の男と歩いて来た。

「青柳さま」

京之進が声をかけた。

剣一郎は立ち止まった。

「すみません。呼び止めまして」

「いや」

京之進の目の下に隈《くま》が出来ているのを見て、剣一郎は少し驚いた。相当疲れがたまっているのではないか。顔色もよくない。

「例の死体の身元がわかりました」

そう言い、京之進は横にいた男を引き合わせた。

「この者は王子《おうじ》村の料理屋『玉村《たまむら》』の主人の嘉兵衛《かへえ》です」

「嘉兵衛でございます」

主人が挨拶をした。飛鳥山《あすかやま》の近くに『玉村』があるという。

「『玉村』のおちよという女中が姿を消したままだということがわかり、さっそく嘉兵衛を呼び出して確かめてもらいました。だいぶ、死体は腐敗していましたが、体つきや顔の印象から、おちよに間違いないことがわかりました」

「なぜ、今まで届け出なかったのだ？」

剣一郎はきいた。

「じつは、一月半ばごろ、おちよが五日ほどお休みをいただき、川越《かわごえ》の実家に帰って来たいと言うので、忙しい中でしたが、許しました。ところが、休みがおわってもまだ店に顔を出さない。すると、そのふつか後に、おちよの使いだというものがやって来て、あと五日、お休みをという申し入れでした。ところが、その五日を過ぎても戻って来ないので、実家に問い合わせに行ったところ帰っていないことがわかりました。それで、何かあったのではないかと、村役人に届け出たというわけです」

嘉兵衛は答えた。

「そういうわけか。詳しいことは、明日にでも聞こう」

剣一郎は京之進に顔を向けた。

「今宵《こよい》。お屋敷に参上いたします」

京之進は一礼し、嘉兵衛を同心詰所に連れて行った。

剣一郎は与力部屋に戻った。

京之進の調べを待たねばならないが、嘉兵衛の話ではおちよがどこに行ったのかわからないようだ。また、使いの者も何者なのかわからないのだろう。

結局、きょうもお奉行と長谷川四郎兵衛からの呼び出しはなかった。

その夜、屋敷に京之進がやって来た。

「ごくろう。何かわかったか」

対座してから、剣一郎はきいた。

「それが、どうも要領を得ないのです」

京之進は話しはじめた。

「おちよは住み込みで働いておりましたが、嘉兵衛の話のように最初は五日間の休みをとっていたようです。嘉兵衛はおちよが川越に帰ったと思っていたようでした。さらに、休み明けのふつか後にやって来た男は商人ふうを装っていたが、どこか崩れた雰囲気があったそうです」

「遊び人か。当然、はじめて見る男だったのだな」

「はい。二十五、六だったそうです」

「おちよとは知り合いだったのだろうか」

「嘉兵衛が言うには、おちよに馴染《なじ》みの男はいなかったということです」

「ふつうに考えれば、その男に誘われてどこかへ行ったと考えられるが、そうではないようだな」

「そのことですが、おちよが休みをとる前、商家の旦那ふうの男がたびたびやって来て、おちよを呼んでは何か話していたそうです。その男が、おちよを唆《そそのか》したのではないかと、嘉兵衛は言っていました」

「どんな男だ？」

「歳の頃なら四十前後。目の細い、四角い顔の男だったそうです」

「その男はおちよが休んでからは一度も『玉村』に顔を出していないのだな」

「そのようです。その男のことはおちよと仲のよかったお若《わか》という女中がよく知っているとのことでした」

「おちよはその男にどこかに連れて行かれた。だが、その行った先で、病死した。その家の者は始末に困って死体を棄てたというわけだが、死体を運ぶにも人手がいる。仲間が何人かいそうだな」

「はい。ひとりやふたりではありません」

京之進が苦渋に満ちた顔で言う。

「殺しではないが、死体をあのような形で棄てるのは許しがたいことだ。なんとしてでも、真相を突き止め、厳罰に処さねばならぬ」

剣一郎は厳しい顔で言う。

「死体を運んだと思える怪しい人物を見かけたものはいなかったか」

剣一郎は改めてきいた。

「ええ、見つかりません。船で運んだのではないかとも考えたのですが」

「なるほど、船か」

十分に考えられると思った。

「しかし、なぜ、あんな場所に死体を棄てたのか」

腑《ふ》に落ちない。発見されないためには、もっと遠くに連れて行って埋めるか、大川《おおかわ》に重しを抱かせて放り込むか。過去の事例では、そういうことが多い。

船で連れて行けば、大川に出て、そうとう遠くまで行くことが出来る。

「船で大川に向かう途中、奴らにとって、思いがけぬ事態が出来《しゅったい》し、それ以上、船を先に進めることが出来なかったのではないでしょうか」

京之進は考えを述べた。

「なるほど。それでやむなく、死体をあの場所に棄てたか」

剣一郎は頷いたものの、

「その思いがけぬ事態とは何が考えられるのだ？」

「はい。まず、大川のほうから役人の船が……。いえ、これはそういう事実はありませんでした。あとは、なんらかの事情で船が先に進めなくなったか」

「いや、いま思いついたのだが。死体が橋の近くだったということを考えると、棄てた人間は死体を早く発見してもらいたかったのかもしれない」

「発見を？」

「そうだ。おちよは病死だ。だが、おちよがいた場所を知られたくない。さりとて、おちよをどこかに棄てて、行方不明のままでは可哀そうだ。そこで、わざと発見されるような場所に棄てた。死体を親元に返すために……」

思いつきだったが、それでしか説明がつかないような気がした。これが殺しだったら、どこか遠くへ運んだだろう。だが、病死なのだ。だから、罪の意識が薄かったのかもしれない。

「船で運んだか担いで来たか。担ぐにはお千代は大柄だ。それで、やむなく途中で棄てたとも考えられるが……。いずれにしろ、おちよが過ごした場所は神田川沿いにあると思われる。そのほうの探索も抜かりなく。おそらく、おちよを連れ出した商家の旦那ふうの男が近くで目撃されているはずだ」

「はい」

「それから、医者だ。おちよの異状に驚いて、医者を呼んだ可能性がある。医者は口止めされているに違いない。その医者をなんとか探り出せ」

「わかりました」

「京之進」

剣一郎はさっきから気になっていることをきいた。

「少し疲れているのではないか」

「いえ、だいじょうぶでございます」

「確か、神田三河町《みかわちょう》の裏長屋で殺しがあったとか。その事件も抱えているのであろう」

「はい。ですが、こちらは下手人がわかっておりますゆえ、そう時間はかからないと思います」

「うむ。だが、無理はするな。明日、私が『玉村』のお若に会って来よう」

京之進の負担を少しでも軽くしてやろうと思ったのだ。

「えっ、青柳さまがですか」

「そうだ。おちよの件はまんざら関わりがないわけではない」

「申し訳ございません」

京之進は恐縮して言った。

「気にするな。それから、明日は休め。たまにはゆっくり体を休めるのだ」

定町廻り同心は六名。南北の奉行所を合わせて十二名しかいないのだ。臨時廻りも同人数だから、全部で二十四名しかいない。

これだけの人数で、江戸の治安を守っていくのだから、重労働である。

「ありがとうございます。ですが、疲れは一晩寝ればとれまする」

いくら言っても、休むことはないだろうと剣一郎は思った。

翌日の午後、剣一郎は駒込《こまごめ》村から王子村へとやって来た。

朝、奉行所に出て、宇野清左衛門にわけを話して許可を得、それから風烈廻りの同心、礒島源太郎と只野平四郎のふたりと簡単な打ち合わせをした。最近、雨が降らず、空気が乾いている。風の強い日と同様に厳しい巡回をするように言ったのだ。それから、剣一郎はいったん屋敷に戻った。

南町奉行所から八丁堀まで四半刻（三十分）もかからない。多恵と志乃、それにるいに見送られ、剣一郎は浪人笠を被って屋敷を出たのだ。

飛鳥山が近づく。その向こうが王子権現である。かなたに筑波山《つくばさん》が望める。風光明《ふうこうめい》媚《び》なところだ。そんな見晴らしのいい場所に、料理屋の『玉村』があった。

陽気もだんだんよくなり、飛鳥山に遊ぶひとも多い。

屋敷からずっとつけている男に気づいていた。いつぞやの中間《ちゅうげん》風の男のようだ。武田紀和之輔の仲間だ。

剣一郎は無視して『玉村』に向かった。この付近は料理屋が散在している。

『玉村』は二階建ての大きな料理屋だった。

玄関で主人の嘉兵衛を呼び出してもらった。待つほどのこともなく、嘉兵衛が腰を折りながらやって来た。

「これは青柳さま。きのうはありがとうございました」

嘉兵衛は畏《かしこ》まった。

おちよの亡骸は嘉兵衛が引き取り、昨夜遅く、近くの寺に運んだという。腐敗が進み、実家まで運ぶことは出来なかった。

「おちよのところにたびたびやって来たという商人ふうの男について知りたい」

「わかりました。どうぞ、こちらへ」

剣一郎は台所の並びにある部屋に案内された。内庭に面し、飛鳥山が望めた。

「いま、お若が参ります。はい、おちよと仲のよかった女中でございます」

嘉兵衛が話していると、廊下に足音が止まった。

「旦那さま。お呼びでございましょうか」

「お若か。こっちへ」

部屋に入ったお若は剣一郎を見て、体を硬くした。

「南町の青柳さまだ」

嘉兵衛が言うと、お若は緊張した声で、

「若でございます」

と、頭を下げた。

剣一郎は声をかけた。

「おちよのことでいくつかききたい」

「はい」

お若が頷いて畏まる。

「青柳さま。私は向こうにおりますので」

嘉兵衛が部屋を出て行った。

「お若。だいぶ泣いたようだな」

腫《は》れた瞼《まぶた》を見て、剣一郎は言う。

「はい。おちよさんがあんな変わり果てた姿で帰って来るなんて……」

また、お若は涙ぐんだ。

「おちよが店を休んでどこへ行ったかわからないか。何も聞いていなかったのか」

「はい。きいても教えてくれませんでした」

「どこへ行ったか、まったく心当たりはないのだな」

「はい。ただ、あのお客さんに誘われたのだと思います」

「どんな客だね」

「目の細い、四角い顔の男のひとでした。商家の主人という感じでした」

嘉兵衛の印象と同じだ。

「どうして、その客に誘われたとわかるのだね」

「そのお客さんが、おちよさんに何か熱心に話しているのを偶然に見たんです。最後に、そのお客さんが来た次の日、おちよさんは旦那さんにお休みをいただきたいって頼んでいました」

「なるほど。なぜ、おちよはその客の誘いに乗ったのだろうな」

「お金だと思います」

「お金か」

「はい。おちよさんは川越の実家に病気のおっかさんや幼い兄弟がいるんです。だから、お金を一生懸命に貯めていたんです」

「おちよは五日の休みをもらったんだな。五日間だけで、お金になる仕事とはなんだろうか」

「わかりません」

「その客は、どうしておちよに目をつけたのだろうな」

「さあ」

「おちよは大柄だったそうだな」

「はい。でも、肥《ふと》ってはいません」

「七日後に、おちよの使いのものがやって来たそうだが、その使いの男を見たか」

「はい。ちらっと」

「どんな男だった?」

「まだ、若いひとでした」

「おちよには好きな男はいたのか」

「いいえ、言い寄る男のひとはいたようですけど、おちよさんは相手にしていません」

特に手掛かりになることは聞き出せなかった。

「その他、何か気づいたことはあるか」

「いえ、とくには……」

お若は首を横に振った。

が、すぐに何かを思い出したように口を軽く開いた。

「何か？　なんでもいい。話してくれ」

「はい。おちよさん、あぶないところに行くんじゃないのってきいたら、他に何人も女のひとがいるからって」

「他に女のひと？」

「はい。それ以上は答えてくれませんでした。きっと、何も言うなときつく言われていたんだと思います」

「うむ。だいぶためになった。お若、礼を言うぞ」

剣一郎が言うと、お若は恥じらいながら部屋を出て行った。

嘉兵衛がやって来た。

「青柳さま。何かおわかりになりましたでしょうか」

「この界隈《かいわい》の料理屋で、おちよと同じ時期に休みをとった女中がいるか、聞いてはいないか」

「いえ、聞いておりませんが」

剣一郎は誰かに聞き込みをさせようと思った。複数の女がいるということは、商人ふうの客は女を集めるためにこの界隈を歩き回っていた可能性がある。

もし、そういう女がいたら、どこへ行ったのかわかる。

剣一郎は『玉村』を出て、帰路についた。

あとをついて来る人数が増えた。五人か。

道灌山《どうかんやま》をまわって音無川《おとなしがわ》沿いを日暮里《にっぽり》に差しかかった。夕陽が落ち、辺りは薄暗くなっていた。

ついに尾行していた者が動きはじめた。

土を蹴る音が重なって聞こえる。剣一郎が足を止めると、ふたりが剣一郎を追い越して止まった。

浪人者だ。五人とも面体《めんてい》を晒《さら》している。いずれも、凶暴な顔をした連中だ。

「何者か」

剣一郎は静かに問いかける。

正面にいた浪人が刀の柄《つか》に手をかけた。

「待て。ここはひとが通る。場所を移そう」

剣一郎は道を外れ、雑木林の奥に向かった。広い場所に出たので、剣一郎は立ち止まった。

三人がいっせいに剣を抜いた。他のふたりは後方で待ち構えている。

「誰の差し金だ？」

剣一郎は刀の鯉口《こいぐち》を切る。

「問答無用」

長身の浪人が上段から斬りかかって来た。剣一郎は素早く踏み込み、すりあげるように剣を抜いた。そのまま、体を入れ換えて振り向いたとき、相手の体はぐらっとよろけた。脾腹《ひばら》に浅い傷を負わせたのだ。

剣一郎は間髪容れず、左端にいた浪人に斬り込んだ。虚《きょ》を衝《つ》かれたように、目の大きな浪人はさらに大きく目を見開いた。剣一郎は相手の二の腕を斬り、さらに今度は右手にいた浪人に襲いかかった。相手の剣が宙を飛び、浪人は棒立ちになった。

あっという間に三人を倒した。

腕に覚えがある浪人五人をじっくり相手にしていたら不利になる。そう思い、剣一郎は機先を制したのだ。

残るはふたり。だが、ふたりとも、さきの三人よりもはるかに腕が立ちそうだった。

剣一郎は笠をとった。

「さすが、青痣与力。噂どおりだ」

白っぽい着流しのひょろ長い体つきの浪人だ。病み上がりのように頬はこけ、不気味な男だった。顔が青白い。

「兄じゃ、俺にやらせてくれ」

体の大きな浪人が前に出た。鼻も口も大きい。

「兄弟か」

剣一郎は問いかける。

「そうだ。俺は里見五郎太《さとみごろうた》。兄は十蔵《じゅうぞう》」

「誰に頼まれた?」

「誰でもいい。いくぞ」

里見五郎太はさっと剣を構えた。剣一郎も正眼《せいがん》に構える。さすがに、さっきの三人のようなわけにはいかなかった。

五郎太は無造作に間合いを詰めて来る。剣一郎は足をとめた。その瞬間、五郎太は剣を上段に引き上げた。だが、五郎太は打ち込んで来なかった。

力任せに闇雲に攻めてくることはない。その冷静さに、剣一郎は相手を見直す思いだった。見かけから雑な剣を想像したが、実際は意外と緻密だ。そして、体が柔軟である。

大上段に構えたまま、今度は動かない。切っ先を相手の小手に向け、剣一郎は半身になって正眼に構えた。

勝負は一瞬につく。さっきの三人のように急所を外して斬るという真似は出来ない。生か死か。

徐々に間合いが詰まった。剣一郎の心気が調《ととの》ってきた。澄んだ心に相手の動きがよく見える。いよいよ、剣が触れ合う間合いに入った。

そのとき、風を切り、小柄《こづか》が剣一郎の眼前に向かって飛んで来た。剣一郎は小柄を剣で弾いた。

その瞬間、五郎太が跳躍するように斬り込んで来た。剣一郎は素早く剣を返し、十分に腰を落として相手の脇をすり抜けた。

だが、剣一郎の剣は相手の脾腹を掠《かす》っただけだった。五郎太は間一髪のところで体をかわしていたのだ。

再び、五郎太は剣を構えた。だが、兄の十蔵が割って入った。

「もうよせ、五郎太。おぬしの敵う相手ではない」

病的な印象の男だが、声は低く重い。

「なに、兄じゃ。まだ、これからだ」

五郎太は息んだが、十蔵は剣一郎に顔を向け、

「青痣。改めて、相まみえよう。五郎太、行くぞ」

「待て」

剣一郎は呼び止めた。

「お手前方を雇った者に伝えよ。南町、いや青痣与力と刺し違えるつもりかと」

「青痣。もはや、依頼主とは関係ない。金を返す」

「なぜだ？」

「おぬしとのことは、もはや俺自身の問題」

「なに？」

「剣客としての俺の意気地だ。おぬしのような相手を探していたのよ。今、立ち合えば、俺のほうが有利だ。おぬしは疲れているだろうからな。五分と五分とで、改めて立ち合う。そういうことだ」

自信に満ちた笑みを残し、里見十蔵は去って行った。

二

再び卯之助といっしょになって、きのう泊まった袋井《ふくろい》宿を早暁に出立し、掛川《かけがわ》、日坂《にっさか》、金谷《かなや》を過ぎ、大井《おおい》川を平台の輦台《れんだい》に乗って渡った。

島田《しまだ》宿の旅籠に入った頃には、もうすっかり日が暮れていた。

部屋に入るなり、郁太郎は窓の下に目をやった。ひょっとしたら、お春が通るのではないかと、淡い期待を寄せていた。

大井川の渡し場で、川越えをする女の旅人に目を配ったが、お春らしき女はいなかった。

「お春さん、やっぱり連れ戻されたのだろうか」

「郁太郎。いつまでも、女のことを気にかけるな」

卯之助は部屋に入るなり、寝そべっている。

「あのひとは私を頼って来たんです。それなのに、守りきれないで……」

郁太郎は胸をかきむしりたくなった。

「だいたい、あの女は何者なのだ?」

「だから、三島の芸者ですよ。桑名のお大尽が所用があって三島によく来るそうです。そのたびに芸者を揚げて遊んだ。その芸者のお春さんに一目惚れをして、落籍したそうです。でも、あまりにも旦那というのが業突張りなので、いやになって逃げて来たと言ってました」

「その話を信じているのか」

「ええ、まあ」

「おかしいと思わないか。大尽にしても、なにも三島くんだりまで行かずとも、近くにはいい女はたくさんいたはずだ」

「でも……」

郁太郎とて真に受けたわけではないが、たとえ別の事情にせよ、追われている身だったことは間違いない。

「それに、なぜ、姫街道にまわったのだ?」

卯之助がきいた。

「お春さんが新居の関所をいやがったんです」

「やはりな」

「やはりとは?」

「いや、いい」

「そんな。ちゃんと説明してくださいな。どうして、伊勢にまわったはずの卯之助さんが気賀宿に現れたのか、そのことも正直に話してくれないじゃないですか。なぜ、話してくれないのですか」

卯之助は伊勢に行こうと思ったが、気が変わって、郁太郎を追いかけて来たのだと説明した。だが、女連れだったので、遠慮して声をかけなかったのだと話した。

しかし、その説明では納得出来ないものがあった。女好きな卯之助のことだ。当然、こっちが女連れであっても強引に割り込んで来るはずだ。

「そなたは知らないほうがいい」

卯之助は突慳貪《つっけんどん》に言う。

「そんな言い方されると、よけいに気になるじゃありませんか。まず、伊勢に行くはずだったのに、どうして気が変わったのですか。気を変える何かがあったんですか」

「忘れろ」

卯之助は冷たく突き放す。

「気になります」

郁太郎が強い声で言うと、障子《しょうじ》の外で声がした。

「失礼します」

障子が開いて、頬の赤い女中が顔を出した。

「お風呂にお入りください」

「おう、空いたか」

卯之助が体を起こした。

「先にもらっていいか」

「ええ、どうぞ」

卯之助が郁太郎に断り、手拭いを持って部屋を出た。

どうも卯之助の様子はおかしい。伊勢の遊廓に本気で行くつもりになっていたのだ。

その気を変えさせた何かがあったはずなのだ。

いったい、何があったのか。

今は江戸に行く気になっている。京の宿では、気長に構えなければ身が持たないと言っていたのだ。

大坂から戻って、市九郎が江戸に向かったらしいと話しても、たとえそうだとしても江戸は広い。そう簡単には捜し出せないと消極的だったのだ。

卯之助は何を考えているのか。

それより、お春のことだ。確かに、桑名のお大尽の妾《めかけ》云々《うんぬん》というのは偽《いつわ》りかもしれない。たぶん、お春は娼婦だったのだろう。遊廓から脱走して来たのではないか。郁太郎はそう思っていたが、お春の前ではお大尽から逃げて来た女だと信じて接して来た。

お春さん。ひどい目に遭っていないか。

やはり、あのとき、追いかけるのだった。まだ、そんな遠くには行っていなかったはずだ。後悔に胸が塞《ふさ》がれそうになる。

郁太郎は窓辺に寄った。三味線《しやみせん》の音が聞こえた。この宿場も飯盛女がたくさんいて賑やかだ。

障子が開いて、卯之助が風呂から戻って来た。

「なんだ、国のことを思い出しているのか」

「いえ」

「確か、おふくろさんがいたんだな」

「ええ」

「そうか。俺は身寄りがないから気が楽だ」

卯之助がぽつりと言った。その声が哀れむように沈んで聞こえたので、郁太郎は気になった。だが、そのことを問おうとする前に、

「さあ、風呂に行って来い。混んでいるから、誰かに入られてしまうぞ」

と、卯之助が急かした。

郁太郎は手拭いを持って部屋を出た。梯子《はしご》段を下り、女中に風呂場をきいた。五右衛門《ごえもん》風呂だ。湯に浸かっていても、さっきの卯之助の言葉が気になってならなかった。いや、その言い方が郁太郎に同情しているように思えた。

母をひとり残し、いつ果たせるかわからない使命のために放浪の旅を続けなければならない身に同情したのか。

だが、使命を果たせば、帰れるのだ。そして、晴れて中士になれる。そういう夢がある。だから、同情されるべきものではない。

では、別のことか。

わからない。郁太郎は湯を両手で掬《すく》い、顔に思いきりかけた。

翌朝、郁太郎と卯之助は島田宿を出立した。

今は卯之助のほうが江戸に急いでいるようだ。卯之助の心境の変化が解せない。

最初の立場に差しかかったとき、茶店の軒先に草鞋《わらじ》を売っているのを見ると、卯之助は新しい草鞋に履き替えようと言った。

きのうの朝、袋井宿を出るとき新しい草鞋に履き替えていたが、万が一、襲われた場合、足元がしっかりしていないと十分に闘えないと言い、新しい草鞋に履き替えさせた。その用心も、気になる。

「卯之助さん。何かあるのですか」

歩きはじめて、郁太郎はきいた。

「気がつかないか」

「何が、ですか」

「島田宿を出てからずっとつけて来る男がいる」

「えっ、ほんとうですか」

郁太郎は振り返った。笠をかぶり、背中に風呂敷の荷を背負った旅人や女のふたり連れ、三味線を抱えた女芸人、それに駕籠《かご》に乗った旅人の姿が目に入る。

西に向かう旅人もいて、街道は賑わっていたが、商人ふうの道中差しの男がいた。お春をつけていた男に似ている。

「あれは……」

「そうだ、あのときの男だ」

「よし」

郁太郎が引き返そうとするのを、卯之助が止めた。

「やめろ」

「放してください。あの男はお春さんを連れ去った男だ。お春さんをどうしたのか、白状させます」

「ここで騒ぎを起こすのはまずい。そのうち、向こうから襲って来る。さあ、気づかぬふりして、先に行くのだ」

なにもかも呑み込んだ顔つきの卯之助に、郁太郎は腹が立って来た。

「あなたは何を考えているのですか。なぜ、私には何も教えてくれないのですか」

「いずれ、わかるときが来る」

「いずれとは、いつですか」

「それより、なぜ、あの男がこっちのあとをつけているのか考えてみろ」

あっと、郁太郎は短く叫んだ。

お春を連れ去った今、あの男はなんのために……。

「あの男はお春って女を追っていたわけではないということだ」

「では？」

郁太郎は固唾《かたず》を呑んで、卯之助の顔を見た。

「狙いはそなただ。いや、今は俺とそなただ」

「私には、なぜ狙われるのか、さっぱりわかりません」

しばらくして、駕籠がふたりを追い抜いて行った。その駕籠の客は女だった。なにげなく、横顔を見て、郁太郎は呆気《あっけ》にとられた。

「まさか」

「どうしたのだ？」

「今、駕籠で行った女。お春さんに似ていたんです」

「やはりな」

「やはりって、どういうことですか」

「あの女も仲間だということだ」

「そんなはずはありません」

反論したが、郁太郎にはさっぱりわからない。

駿府《すんぷ》城のある府中《ふちゆう》を素通りし、左手に富士を、右手に海を見る松並木の街道を急ぎ、江尻《えじり》を過ぎて、興津《おきつ》に差しかかった。

だいぶ陽は傾いているが、まだ日暮れには間がある。

「次の由比《ゆい》まで、二里ちょっとだ」

「行きましょう」

「由比に着くのは夜になる。今夜は早いがここにしよう」

「でも……」

駕籠で追い抜いて行ったお春らしき女は由比まで行った可能性がある。由比で、お春に会えるかもしれないのだ。

「この先に、難所のひとつといわれる薩埵《さった》峠がある。夕暮れに、そこを通るのは避けたい」

「そこで襲撃されるとでも言うのですか」

「わからぬが、用心に越したことはない」

卯之助の意見に従い、その日はまだ陽が落ち切らないうちに旅籠に入った。

三

翌十五日の夜、剣一郎は屋敷で京之進の報告を受けた。

「飛鳥山、王子権現の周辺にある料理屋をしらみ潰《つぶ》しにきいてまいりましたが、一月二十日前後に数日間、休んだ女中はどこにもいませんでした」

京之進は岡っ引きとその手下を使って、王子村いったいの料理屋に聞き込みをかけたのだ。

商家の旦那ふうの男はおちよしか誘わなかったようだ。なぜ、他の女には声をかけなかったのか。

「すでに集める女の数が足りていたが、おちよを見て、どうしても誘いたくなった。そういう考えも出来るが……」

剣一郎は腕組みをして、

「だが、なぜ、おちよだったのか」

と、考えた。

たまたま、その男が誘ったら、おちよがあっさり承諾した、ということではない。おちよでなければならなかったのだ。

おちよは可愛い娘だが、飛び抜けて器量がいいというわけではなかったらしい。美しい女は他にたくさんいた。それに、おちよは女としては大柄だ。

なぜ、おちよだったのか。だが、思い浮かばない。

「で、神田川沿いはどうだった?」

剣一郎はおちよがどこから運ばれてきたかを考えた。

おちよが死んだ場所は神田川から、そう遠くないという見通しだ。さらに、おちよの容体の変化から医者を呼んだ可能性がある。

その医者も、そんな遠くからは呼ぶまい。

「おちよらしき女を見た人間はまだみつかりません。それから、あの周辺の町医者を当たっていますが、おちよらしき女を診《み》たという医者も見つかりませんでした」

「そうか」

おちよのような大柄な女は目立つと思うが……。

医者が見つからないというのは、医者を呼ばなかったということかもしれない。容体が急変したおちよを目《ま》の当たりにして、その場にいた者はただ手をこまねいていただけなのだろうか。

もし、そうだとしたら、罪は深い。医者を呼べば助かったかもしれないのだ。あまつさえ、死体を棄てている。

「青柳さま」

京之進はいくぶん声を潜めた。

「これは確かなことではありませぬが、一月十八日の暮六つ（午後六時）過ぎ、小石川片町にある大善寺の山門に若い女が立っていたそうです」

「なに、大善寺？」

「はい。山門前にある茶店の年寄りが店を閉めるときに気づいたそうです」

京之進は自信がなさそうに、

「気になるのが、大柄な女だったということです。おちよではないかと一瞬思いましたが、おちよが休んだのは十九日からですから、ひと違いです」

「大善寺と言えば……」

剣一郎は思い出した女がいた。

一月二十日、烈風が吹き荒れた日の夜だ。町駕籠に乗って来たおせつという女。あの女は大善寺山門前にいたらしい。

ひょっとして、その女はおせつと同じ場所に行ったのではないか。そして、おちよも……。

「ちょっと気になる女がいる。明日、その女を訪ねてみる」

剣一郎は二十日の夜のことを話した。

「そのようなことがございましたか。青柳さま。何か匂いますね」

京之進も興味を示した。

「うむ。早く真相を明かし、おちよを成仏させてやりたいものだ」

剣一郎はしみじみと答えた。

「はい」

京之進も深く頷いた。

京之進が引き上げたあと、剣之助がやって来た。

「父上。よろしいですか」

「構わぬ」

剣一郎が近寄って来た。

「宇野さまからお聞きしました。きのう、日暮里で浪人に襲われたそうにございますね」

「うむ。そのことか」

「やはり、漆原さまの家来が刺客《しかく》を送ったのでしょうか」

剣之助は真剣な眼差しを向けてきく。

「そうとしか思えぬが、証拠はない。ただ、もはや刺客ではなくなった」

「と、言いますと?」

「浪人は里見兄弟。兄は十蔵、弟は五郎太。十蔵はこう言った。剣客として、青痣与力と勝負をつけるとな。手ごわい相手だ」

「父上。これから、私も父上と行動をともにします」

「剣之助。無用だ」

「しかし、相手はふたり」

「いや、恐ろしいのは十蔵だ」

「では、五郎太を私が……」

「気持ちはうれしいが、剣之助は自分の任務があろう。我らは宇野さまに特別な計らいを受けている。この上、そなたが父といっしょに行動をすれば、他の者がどのような目で見るか」

何か言いたそうに身を乗り出したが、剣之助はぐっと拳《こぶし》を握りしめて堪《こら》えた。

「父は負けはせぬ。仮に、敗れたとしても、里見兄弟を恨むではない。十蔵は剣客として挑んで来ている。決して卑怯《ひきょう》な真似はしまい」

あの日、剣一郎は先に三人の浪人を斃《たお》し、そして五郎太と対峙《たいじ》したあとだ。それほど疲れていなかったが、十蔵は勝負に来なかった。

剣客として五分と五分の勝負をしたいと思ったからであろう。剣一郎はその十蔵の気持ちに応えてやりたいと思ったのだ。そして、また剣一郎も剣客として、十蔵の剣と立ち合いたいという思いがしていた。

「剣之助。志乃はいかがしている?」

剣一郎は話題を変えた。

「はい。毎日、母上から手厳しい指導を受けているようですが、それを楽しんでいるようです。それより、るいとすっかり仲良くなって、今もふたりはいっしょに何やら楽しげに話し込んでおります」

「なるほど。それで、剣之助は追われてここに来たというわけか」

「いえ、そういうわけでは……」

剣之助は頭をかいた。

「まあいい。では、もう少し、父と話そう」

「はい」

「そうだな。まあ、酒田の話でも聞かせてもらおうか」

酒田のことに触れると、剣之助の目の色が変わる。遠く、懐かしむように、剣之助は語りはじめる。

剣之助にとって、志乃との酒田での初めての暮らしがどんなに大きなものだったか。辛い状況だったろうが、ふたりはよく乗り越えたと、剣一郎は感無量になった。

翌朝、剣一郎は明神下に行った。

左兵衛門店の長屋木戸を潜ると、井戸端で長屋の女房連中がたむろしていた。

ある者は洗濯の手を休め、ある者は赤子をあやしながら、またある者は手ぶらで、ただ会話に加わることだけが目的でそこにいるようだった。

深編笠の侍が入って来たので、女房たちの笑い声が汐《しお》が引くようにやんだ。

「この長屋に、おせつという娘が住んでいるか」

剣一郎は誰にともなくきいた。

女房たちは警戒の目をいっせいに向けた。

洗濯途中の女がしゃがんだまま下から剣一郎の笠の内を覗き、いきなり立ち上がった。

「はい。住んでいました」

女は畏まって答えた。

「青痣与力だよ」

その女は他の者に小声で教えた。

「まあ、青柳さま」

「そんな畏まらんでもいい」

もともと話好きで、好奇心の旺盛《おうせい》な者たちだ。

「青柳さま。おせつさんに何か」

「いや、ちょっとききたいことがあってな」

「もう、いないんですよ」

いきなり、赤子を背負った女が言う。

「いないとは？」

「この長屋を出て行きました。病気のおっかさんを連れて」

「出て行った？」

「はい。なんだかあわただしく」

女房たちは顔を見合わせた。

「どこへ行ったのかわからないのか」

「はい。ただ、おっかさんの体にいい場所に行くと言ってました」

「で、いつごろのことか」

「もう半月以上経ちます」

「家財道具は？」

「出て行った次の日、男のひとがふたり来て、大八車で運んで行きました」

「その男というのは？」

「はじめて見るひとです。ちょっと崩れた感じのひとでした」

妙だと思った。半月以上前といえば、おちよの死体が見つかって間もないころだ。逃げたのか。あるいは、おちよを誘った商家の旦那ふうの男に逃げるように命じられたのか。

「おせつには好きな男でもいたのか」

「いえ、言い寄る男は結構いたみたいですけど」

「病気の母親はどうやって連れて行ったのだ？」

「大八車に敷いたふとんに横になって行きました」

駕籠を使ったのなら、駕籠かきを見つけ出せば、どこまで運んだかわかるのだが、大八車ではどうしようもない。

大家にも会って確かめたが、女房たちから聞いた話と大差なかった。

おせつが働いていた神田明神境内《けいだい》にある料理屋に行った。黒板塀で、庭に大きな松の樹があって、見事な枝を伸ばしている。

おせつのことを訊ねると、女将は顔をしかめた。

「ほんとうに急にやめて行きました。その前に三日ほど休みを欲しいといって、休み明けに数日お店に出たんですけど、急にやめたいと言い出したんですよ」

「どこに行ったか、わかるか」

「いえ」

「三日間休んで何をしていたのだろう」

「おっかさんの看病だと言ってました」

「休み明けからのおせつの様子はどうだった？」

「なんだか、あまり元気がありませんでした」

あの夜、おせつは怯《おび》えたような態度だった。おせつはおちよと同じ場所にいたのではないか。

おせつはおちよが死んだのを見ていたのではないか。おそらく口止めされたのだろう。

だから、八丁堀の与力に声をかけられて怯えたのかもしれない。

その他、いくつか訊ねたが、手掛かりになるような話は聞けなかった。

料理屋を出て、剣一郎はどうするか迷った。

手掛かりは小石川片町にある大善寺だ。しかし、剣一郎の脳裏をかすめたのは、かつてある寺で繰り広げられた若い僧と大奥の女中たちとの淫《みだ》らな振る舞いだ。歌舞伎《かぶき》役者のような美しい僧に信者の女たちが押しかけた。その信者の中に、大奥の女中がいたのだ。

寺社奉行の手入れによって解決したが、ひとの噂によって探索の手が入った。

それと同じことが、大善寺で行なわれているとしたら……。

しかし、違いはある。先の事件は大奥の女中たちが自らの意志で若い僧のところに通っていたのだ。今回の事件は若い女は集められたのだ。

いずれにしろ、大善寺には踏み込めない。寺社奉行の管轄だ。ただ、大善寺がある秘密の舞台だとしたら、なぜ女たちは山門に立っていたのか。

なぜ、庫裏《くり》で待たなかったのか。

ともかく、大善寺の住職から話を聞きたいと思った。幸い、今は黒の羽二重《はぶたえ》の着流しで、八丁堀与力の格好ではない。

腹を決め、剣一郎はすぐに足を本郷通りに向けていた。

本郷通りから、加賀前田《まえだ》家を右手に菊坂台町に入る。そこを過ぎれば、小石川片町で、やがて大善寺の山門前に出た。

ここでおせつは駕籠を待っていたのだ。そして、そのふつか前に別の女がここに立っていたのも目撃されている。

茶店や花屋が数軒並んでいる。剣一郎は店先に主人らしき年寄りが見える茶店に向かった。

緋毛氈《ひもうせん》を敷いた縁台に腰をおろし、やって来た年寄りに、甘酒を頼んだ。

しばらくして、年寄りが甘酒を持って来た。

「このお寺は参詣人は多いのか」

甘酒を受け取ってから、剣一郎はきいた。深編笠をかぶったままだ。

「いえ、普段は特に多いというわけではありませんが、庭のツツジが見事でございますので、それを見物にこれからの時期はたくさんひとが参ると思います」

「若い女もよくやって来るのか」

「いえ、若いひとより年配の方が多うございます」

「うまい」

剣一郎はひと口すすってから言う。

「ありがとうございます」

「ときに、この寺には若い僧はいるのか。どうだ、最近の若い僧は?」

「はい。とても、まじめに修行にお励みのようで、感心しております。朝昼晩のお勤め、庭掃除となかなかよくやっているようです」

「そうか」

剣一郎は甘酒を飲んだ。

あまり妙な質問をすると、怪しまれる。

甘酒を飲み終えてから、剣一郎は立ち上がった。

「馳走《ちそう》になった。代はここに置く」

「はい。おありがとうございます」

年寄りの声を背中に聞いて、剣一郎は山門に向かった。

正面に本堂があり、右手に鐘楼《しょうろう》。左の方に庭園がある。落ち着いたたたずまいだ。

庭園もきれいに手入れが行き届いている。ふしだらな行為が繰り広げられているような淫らな雰囲気は微塵《みじん》も感じられない。

もっとも今は昼間で、明るい陽光が射し込んでいるせいもある。が、この静謐《せいひつ》さは、いたって健全なものから生まれているに違いない。

本堂に向かう。庫裏から老僧が出て来た。住職かもしれない。

剣一郎は近づいた。

「ご住職どのか」

　剣一郎は声をかけた。

「笠をかぶったままの無礼をお許しください。ちょっとお訊ねしたいことがございます」

「何かな」

「いつぞや、この山門からおせつという若い女が駕籠に乗りました。もしや、おせつがこのお寺に用事があって来たのではないかと」

　剣一郎は直截《ちょくせつ》にきいた。

「それはいつごろのことですかな」

「一月二十日。烈風の吹き荒れた夜でした」

「ああ、覚えております。お名前は存じあげませんが」

「覚えて？」

「はい。激しい風ゆえ、寺内を見回っていたところ、山門に若い女が立っておりました。風も強く、寒そうにしていたので声をかけようとしましたが、その前に駕籠が来て乗り込んで行きました」

　住職の目に一点の曇りもない。嘘偽りはないと思った。

「わかりました。ありがとうございました」

　剣一郎は礼を言い、離れようとしたとき、

「失礼でござるが、青痣与力どのではありませぬか」

　と、住職から声をかけられた。

　剣一郎は笠を外し、

「いかにも南町の青柳剣一郎でござる」

　と、正直に名乗った。

「やはり、そうでござったか」

「身分を隠し、いろいろお訊ねしたことお許しを」

「なんの。青痣与力、いや失礼。青柳さまのお噂は檀家《だんか》の間でも……。これはよけいなことを。して、何をお調べか」

　好々爺然《こうこうやぜん》とした住職は真顔になった。

「おせつといっしょだったと思われる若い女の死体が柳原の土手で発見されました。病死でしたが、死体を遺棄したことは許せぬ所業」

　剣一郎は正直に話した。

「そうでしたか」

「それで、二十日の夜、おせつという女が、この山門に来る前、どこにいたのかを探っているところです」

「そうですか」

住職は微かに眉根を寄せた。

「ご住職。何かご存じでござるか」

何か知っていると、剣一郎は直感した。

「いや、それと関係あるかわかりませぬが……」

住職はちと言いよどんだ。が、すぐに、口を開いた。

「あの夜、強い風に乗り、女の嬌声《きようせい》や男たちの騒ぐ声が微かに聞こえて参りました。いや、どこからとはわかりませぬ」

「助かりました」

剣一郎は住職の好意を謝した。

住職は手を合わせて、

「では、これで」

と、今話したことを恥じるように一礼して去って行った。

住職の話に嘘はない。ただ、どこから騒ぎ声が聞こえたか、わかっているような気がした。証拠がないので、そこまでは口にできなかったのだろう。

だが、あの夜は乾《いぬい》（北西）から風が吹いていたのだ。騒ぎ声はその方角からだ。

剣一郎は山門を出ると、乾のほうに向かった。大善寺の裏手になる。

大善寺の隣は数軒の町家が並び、その角を左に曲がって行くと、長い塗塀の武家屋敷が見えて来た。ここは、確か五万石の大名牟田《むた》上総守忠光《かずさのかみただみつ》の下屋敷だ。

剣一郎は表門の前を通った。表長屋の連子窓《れんじまど》は閉まっていた。塀の周囲をまわり、屋敷の裏手に向かった。

裏手は大善寺に接していた。隣接しているとはいえ、広い屋敷内の館とはだいぶ離れている。

しかし、あの夜は屋敷のほうから大善寺に向かって強い風が吹いていたのだ。おそらく、住職も騒ぎ声はこの屋敷からだと思ったのではないか。証拠がないゆえ、名を口にすることを控えたが、屋敷からの声だとはわかったのではないか。

明神下の長屋を引き払ったおせつはこの屋敷内に隠れているのかもしれない。だが、その証拠はどこにもない。

剣一郎はそのまま表門のほうに戻った。

長屋の連子窓が一か所、少し開いていた。そこから誰かが覗いているような気がした。

　剣一郎が目を向けると静かに閉まった。

　そのまま、剣一郎は帰途についた。

　再び、大善寺の前を通り、菊坂台町を抜ける。加賀前田家の前に出て、本郷通りに入った。

　ずっとつけて来る男がいる。武士だ。牟田上総守の家来であろう。

　本郷から湯島に差しかかった。まだ、ついてくる。剣一郎は定火消屋敷の脇を通って、神田川に出た。

　つかず離れずに侍がつけて来る。

　途中、剣一郎はふいに立ち止まった。振り返ると、あわてて侍も足を止めた。侍はすぐ逃げるように引き返した。

　午後、待ち合わせの須田町の自身番に行くと、すでに京之進が待っていた。

　剣一郎は京之進を近くのそば屋の二階に連れて行った。

「いかがでございましたか」

　差し向かいになってから、京之進がきいた。

「おせつは母親を連れて明神下を引き払い、行方をくらましていた。ただ、女たちが集められていたと思われる疑わしい場所がわかった。大善寺の裏手で接している牟田上総守の下屋敷だ」

「それは……」

困惑したように、京之進は息を呑んだ。

「うむ。大名屋敷には生半可なことでは手が出せない」

「困りました」

「そこでだ。やはり、おちよを誘った四角い顔の男を探し、そして、おせつの行方を探し出すしかない」

「はい」

「四角い顔の男は屋敷に出入りをしているはず。屋敷を見張れば、必ず現れるはずと思うが、向こうはどうやら警戒しているようだ」

「警戒？」

「どうも我らの動きを読んでいるようだ。おそらく、おせつの口から私の名を聞き、用心したものと思える。おせつを別の場所に移したのも、そのせいだ。これ以上の警戒をさせないために、屋敷の周辺には近づかないほうがよさそうだ」

さっきつけて来た侍は、牟田家の家臣であろう。長屋の連子窓から見ていたのだ。こっちの正体を摑もうとしてあとをつけて来たのだろう。こっちの動きを警戒しているのだ。

「では、屋敷の見張りはいかがなされますか」

京之進はきいた。

「別の方法を考える。そなたは、牟田家に関係なく、四角い顔の男とおせつを探し出すのだ」

「わかりました」

先日の旗本漆原家の例もあるように、武士を調べるのは難しい。ことに、今度は五万石の大名だ。

だが、おちよを見殺しにし、死体を遺棄した主は突き止めなければならない。

それだけではない。行方をくらましたおせつとてどんな災厄に遭っていないとも限らない。あの屋敷にいるのかどうか。

「それから、騒ぎ声がしたのは宴席でも設けられていたのかもしれない。酒や料理などがふだんより多めに使われた可能性がある。近くの酒屋、仕出屋などを当たってたしかめるのだ」

「畏まりました」

「なんとしてでも、おちよを見殺しにした者は許せぬ。たとえ、武士であろうと。京之進、心してかかれ」

「はっ」

剣一郎は自分自身にも言い聞かせるように強い口調で言った。

四

その日の夕方、郁太郎と卯之助は海岸沿いに千本松原が続く街道を沼津《ぬまづ》宿に入った。だが、ここから三島まで一里半（六キロ）。三島までいっきに行こうと、休まず宿場を抜けた。

左手には富士山が裾野を大きく広げている。

今朝、興津を出立し、薩埵峠越えも卯之助は他の旅人のあとについて越えた。襲撃を防ぐためだったようだ。

その後も、卯之助はいつも他の旅人にくっつくようにして道中を続けた。卯之助の気配りが功を奏したのか、あるいは相手にもともとそんな気はなかったのか、襲われることはなかった。

三島宿は下田《しもだ》街道、甲州《こうしゅう》道とも交差しており、ひとの往来は激しい。

幕府の直轄地、すなわち天領は約七百万石、そのうち約二百六十万石が旗本の知《ち》行地《ぎょう》であり、幕府の直接収入になる領地は約四百四十万石。そのうち、駿河・遠江・三河・甲斐《かい》・信濃《しなの》・伊豆《いず》の六ヵ国で六十万石である。

これらの土地の支配は、勘定奉行の支配下にある代官が行なっており、この地は伊豆韮山《にらやま》代官江川太郎左衛門《えがわたろうざえもん》支配である。

常夜灯に灯が入ったころに、ふたりは三島宿に到着した。

三島は三島権現の門前町として栄えている。三島宿は本陣二、脇本陣三、旅籠大小合わせて七十四軒。

問屋場の近くにある天城《あまぎ》屋和助《わすけ》という旅籠で草鞋を脱いだ。足を濯《すす》ぎ、女中の案内で二階の部屋に通された。

通りに面した部屋だ。

「ずいぶん強行軍だったが、ようやく三島だ。明日は箱根《はこね》越えだ。江戸まであと三日」

卯之助が旅装を解きながら言う。

「いつ、お話ししてくれるのですか」

郁太郎は催促した。

「そうだな」

卯之助は厳しい顔つきになった。

「俺もまだはっきりとわかったわけではないんだ。だが、江戸に着いたらはっきりする。そう、市九郎に出会ったらだ」

「待ってください。江戸に着いたら、なにもかも話してくれるのではないのですか。市九郎に会うまで、時間がかかるじゃありませんか」

「焦る必要はない」

また、卯之助は逃げた。

郁太郎は知らないほうがいいというのだ。そんなことがあるはずない。一生知らないで過ごせるものなら、それでいいかもしれないが、卯之助はいずれ、いやでも知るときが来るという。

郁太郎は納得できなかったが、卯之助はその件では頑《かたく》なだった。

いつものように、先に卯之助が風呂に入った。卯之助と入れ代わり、郁太郎は風呂に入った。

檜《ひのき》の風呂だった。体が温まってきたとき、脳裏にお春の顔がかすめた。お春はほんとうにつけて来た男の仲間だったのか。

お春は三島まで行くと言っていた。本来なら、ここまでいっしょに旅をして来たはずなのだ。

そのことを考えると、胸が塞がれそうになった。なぜ、あのとき、助けに走らなかったか。あとを追わなかったか。

悔やんでも悔やみ切れない。

ふと、駕籠に乗っていた女のことを思い出した。お春に似ていた。しかし、お春だったら、郁太郎を無視して先に行くだろうか。

風呂から出て、夕食をとる。

「ずいぶん、賑やかですね」

少し離れた旅籠から三味線や唄声、そして手拍子まで聞こえて来る。宴会をしているのだ。

「きょうはお酒を頼まないのですか」

「たまには呑まない日もあっていい」

卯之助は真顔で言い、

「郁太郎。おぬし、もし市九郎を討ち果たせなかったらどうするつもりだ？」

と、きいた。

「そんなこと、考えたことはありませぬ」

「じゃあ、今考えろ」

「その必要はありません」

「なぜだ？」

「必ず、見つけ出し、斬る覚悟だからです。もしものことなど考えていたら、ことは成就《じょうじゅ》しません」

「ふん」

卯之助は薄ら笑いを浮かべた。

「何がおかしいんですか」

郁太郎はむっとした。

「いや。そなたはいい男だ」

「はぐらかさないでください」

「いや、そなたの言うとおりかもしれぬな。市九郎を斬る。それで、すべてはうまくいくかもしれぬ」

どうも、卯之助の言い方は気になる。市九郎を斬ることこそ、我らの目的であり、それを果たせば堂々と国に帰れる。それは当たり前のことであり、改めて言うまでもないことだ。

食事のあと、卯之助が立ち上がった。厠かと思ったら、着替えはじめた。

「出かけるのですか」

「久しぶりに女の肌が恋しくなった。三島女郎衆を拝んで来る」

卯之助はにやりと笑い、刀を持って部屋を出て行った。

また、病気がはじまったのかと、郁太郎は呆《あき》れた。

しばらくして、女中が食膳を片づけに来た。

「お客さん。窓の下をごらんなさいましな」

女中がにやりと笑い、食膳を片づけ出した。

「窓の下?」

郁太郎は訝しく思いながら、窓辺に向かった。

夜になっても通りは賑やかだ。斜め向こうにある問屋場が見えた。

問屋場は人馬の継ぎ立てや飛脚《ひきやく》の仕事を行なう所だ。その問屋場に馬が見えた。その近くに女が立ってこっちを見ていた。

郁太郎はあっと叫んだ。お春だ。

お春が手招きをしている。

振り返ると、いつの間にか食膳を片づけて、女中が引き上げていた。

郁太郎は急いで着替えた。そして、大刀を摑んだが、思いなおして脇差を腰に差しただけで、部屋を飛び出した。

宿の草履を借り、問屋場に向かった。だが、さっきの場所に、お春はいなかった。

郁太郎はあちこちを見回した。

すると、少し離れた通りの真ん中でこっちを見ていた。

「お春さん」

郁太郎は追いかけた。

またも、お春が逃げた。

「なぜ、逃げるんだ？」

叫びながら追う。通りがかりの者が振り返る。

月明かりが路地に入ったお春の姿を映し出している。

ようやくお春に追いついたのは三島権現の近くだった。大きな社《やしろ》の屋根が闇にくっきり浮かび上がっている。

「お春さん。どうして逃げるんだ？」

お春の前に廻り込んで、郁太郎は強い調子できいた。

「向こうに行きましょう。ここじゃ、ひと目につくわ」

三島権現に向かったが、お春は鳥居を潜《くぐ》らず、三島権現の脇から裏に向かった。

「どこへ行くんですか」

不審に思い、郁太郎はお春の腕を摑んだ。

「あなたは、あのあとどうしたんですか。あなたをつけていた男とあなたはどういう関係なんですか」

「あの男から逃げて、ここまで来たんですよ」

お春は再び歩きはじめて言う。

「どこへ行くんですか」

しかし、お春は歩みを止めようとしない。

気がつくと、かなたに雑木林が広々と続く手前の草原で、大きな一本松が闇の中に屹立している。少し離れたところに、料理屋の灯が輝いているが、月が雲間に隠れると、漆黒《しっこく》の闇に変わる。

郁太郎はやっと身の危険を察した。

「お春さん。あなたは私をここまで誘《おび》き出したのですね」

郁太郎が立ち止まると、ようやくお春も足を止めた。

「郁太郎さん。ここがあなたが骸《むくろ》を晒《さら》すところよ」

お春の顔は別人のようだった。

「お春さん。あなたは何者なんだ？」

闇から湧いて出たように数人の黒い影が現れた。五人だ。折しも射した月影に先頭の男の顔が浮かび上がった。

「おまえは……」

お春のあとをつけて来た道中差しの男だ。

「やれ」

男が声をかけると、他の四人がいっせいに抜刀し、郁太郎を取り囲んだ。

郁太郎は大刀を置いて来た迂闊《うかつ》さを悔やんだ。卯之助からお春への疑惑を聞かされていながら、警戒心を忘れてしまった。

四人は浪人者のようだ。姫街道の気賀を出たあとに襲って来た浪人たちとは別人だ。おそらく、道中差しの男とお春が新たに雇ったあぶれ浪人だ。

背後から斬り込んで来た。郁太郎は振り向きざまに脇差を抜き、眼前に迫った剣を弾き、よろけた男の脇を素早くすり抜けた。

だが、別の浪人が行く手を阻《はば》むように回り込んだ。

浪人たちは凄まじい殺気を漂わせている。郁太郎は動きを見せた浪人のほうに脇差の切っ先を向ける。四人はじりじりと迫る。

このままでは不利だ。ふと目の前の浪人の背後に、お春の姿が見えた。郁太郎は迷わず、目の前の浪人に突進した。

その虚を衝いた動きに、浪人はあわてた。正眼に構えた剣を上段に直す間もなく、郁太郎の攻撃をかわすのが精一杯だった。

郁太郎は脇をすり抜け、お春めがけてまっしぐらに走った。お春は目をいっぱいに見開いていた。

素早く、お春の手首を摑んで背後にまわり、刃《やいば》をお春の首に押しつけた。

「動くな。動けばこの女の喉《のど》を掻《か》き切る」

郁太郎は怒鳴る。

「そんなことをしても無駄よ。あなたに私を殺せるはずないわ」

お春が冷ややかな声を出した。

「この身を守るためだ」

郁太郎は刃を喉に当てた。

「おまえは何者なのだ？」

「構わないわ。殺《や》って」

お春が震える声で叫ぶ。

横から浪人が大上段から斬りかかって来た。郁太郎はお春をその浪人のほうに突き飛ばし、あわてた浪人の隙をついて懐《ふところ》に飛び込んだ。

脇差が浪人の腹部に突き刺さった。すぐ抜いて、郁太郎は血ぶりをして構える。今の浪人が前のめりに倒れた。

「おのれ」

仲間がやられたのを見て逆上した浪人が鋭い剣で襲って来た。郁太郎は飛び退《の》き、さらに続けざまの攻撃を体を開きながらかわした。

別のふたりが退路を絶つように構えた。まるで飢《う》えた狼《おおかみ》のような獰猛《どうもう》な顔で、浪人が迫る。

郁太郎は脇差を構えたが、浪人はうおっという掛け声とともに斬り込んで来た。郁太郎はすぐに動かない。じっと辛抱し、相手の剣が眉間《みけん》を割ろうとする寸前に素早く腰を落とし、相手の脇をすり抜けた。

その刹那《せつな》、郁太郎の脇差は相手の脾腹を裂いていた。

ふたりを斃した。残るは浪人がふたり。しかし、道中差しの男も剣を抜いていた。あと三人。

はっと気づくと、左の二の腕から血が流れていた。斬られていたのだ。郁太郎の息づかいも荒くなっていた。

月が雲間に隠れ、すっと足元から暗くなった。

汗が目に入る。ふたりの浪人が迫る。脇差を構えるが、手に力が入らない。郁太郎は後退る。だが、背後に道中差しの男が立った。

最後の力を振り絞り、郁太郎はいきなり振り向き、背後にいた道中差しの男に向かって突進した。

この男を斃して逃げる。郁太郎は脇差で斬り込んだ。男は棒立ちで突っ立っている。

次の瞬間、郁太郎はあっと叫んだ。

郁太郎の脇差が宙を飛んで数間先の草むらに突き刺さった。脇差を撥ね上げられたのだ。道中差しの男は平然と立っている。

こいつは侍だと、郁太郎ははじめて気づいた。

「なぜだ。なぜ、私を狙うのだ？」

郁太郎は恐怖をこらえながらきく。

「おまえは何者なんだ？」

しかし、相手はひと言も発しない。

「郁太郎さん。よく頑張ったけど、いよいよ、屍《しかばね》を晒すときがきたようね」

お春が冷たい声で言ったとき、暗がりから声がした。

「さあ、それはどうかな」

折しも雲が切れ、月影が男の姿を映し出した。

「あっ、おまえは」

お春が悲鳴のように叫んだ。

「卯之助さん」

郁太郎は信じられないように呟《つぶや》いた。

「俺が近づいたのに気づかぬとは、いくら闇夜とはいえ迂闊だったな」

卯之助が郁太郎の前に出た。

その瞬間、浪人が卯之助に斬りかかった。だが、卯之助は抜刀するや、袈裟懸《けさが》けに斬り捨てた。

浪人の絶叫が夜陰《やいん》に轟《とどろ》いた。

「おぬしたちが福井からつけて来たのは知っていた。誰に頼まれた？」

卯之助が道中差しの男に剣を突きつけた。

「お春、行け」

男が言うと、お春は駆け出した。

「待て」

郁太郎が追おうとすると、男が立ち塞がった。

「名を名乗れ」

卯之助は男に迫る。

「俺の名を知るのは、おまえたちが死ぬときだ」

男はうそぶき、いきなり卯之助に斬りかかった。卯之助は剣の鎬《しのぎ》で受けとめ、押し合いからさっと離れた。

さらに両者は激しく斬り結んだが、いきなり男は飛び退いた。

「おぬしたち、江戸には着けぬ」

そう言うや、いきなり駆け出した。

反射的に追いかけようとしたが、

「無駄だ」

という卯之助の声に、郁太郎は思い止《とど》まった。浪人も逃げたあとだった。

「卯之助さん。助かりました」

郁太郎は改めて礼を言った。

「大刀を持たず、無茶な真似をしおって」

「すみません。でも、どうしてここが？」

「宿に帰ったら、そなたがおらぬではないか。大刀が置いてあるが、脇差がない。それで、女中に聞いたら女のひとに誘い出されたという。さてはと思い、探し回ったら三島権現のほうにそれらしき者が向かったと聞いて、この付近を探したってわけだ」

「そうでしたか。面目ありません」

郁太郎は恥じ入るように言った。

「ともかく、ここを離れるのだ」

卯之助は郁太郎を急《せ》かした。この場を誰かに見つかったら面倒なことになる。浪人の死体が転がっているのだ。

やっと、宿に帰り、左の二の腕の治療をした。

「たいしたことはない。かすり傷だ」

宿でもらった薬を塗り、晒《さらし》を切って包帯にした。が、かすり傷にしては傷は深い。痛みもある。

「あの男、侍でしたね」

郁太郎はきく。

「うむ」

「福井からつけて来たと仰いましたが、どういうことなのですか。ひょっとして、あの者たちは市九郎の仲間なのですか」

「そんなところだ」

「最初からつけられていることに気づいていたのですか」

「いや。半信半疑だった。だから、京に留まったのだ」

「京は、そのために?」

「京の一膳飯屋であとから入って来た客を覚えているか」

「ええ、確か、商人ふうの男」

「さっきの道中差しの男だ」

「あっ」

郁太郎はやっと気づいた。

「でも、どうして、怪しいと思ったのですか」

「福井を出てから、俺たちの後ろをずっとついて来る男がいた。まさか、俺たちをつけているとは思わなかった。だが、一膳飯屋で見たとき、俺たちをつけているとわかった」

「じゃあ、島原に行ったのは?」

「元禄《げんろく》の頃の赤穂《あこう》の家老大石内蔵助《おおいしくらのすけ》を真似たのだ。敵の目を欺《あざむ》くためにな。だが、あの男はそなたが大坂に向かっても俺のほうを見張っていた。だから、結局三日間も通い詰めてしまった」

「そうだったんですか」

「うまくいったようだった。俺に市九郎を討つ気がないとみたのだろう。伊勢に行こうとしたのも同じ理由だ。だが、そなたはひとりで江戸に向かった」

「………」

「伊勢街道で別れたとき、そなたのあとをついて行く男を見て、今度は、敵がそなたに目を向けたのだとわかった。だから、逆に男のあとをつけたというわけだ」

卯之助にそんな深慮があったことを、郁太郎はまったく気付かなかった。そのことを恥じた。

郁太郎は悄然《しょうぜん》として、

「すみませんでした」

と、卯之助の人間性を疑ったことを詫《わ》びた。

「そんなことはどうでもよい」

「すべてお話しいただけませぬか」

郁太郎は改めてきいた。

「聞かぬほうがよい」

「まだ、教えてくれないのですか」

卯之助はこの期《ご》に及んでもまだ詳しく打ち明けようとしない。

「教えてください。ほんとうのことを」

郁太郎は迫る。

「何度も言っている。いつか知るときが来る。それまで、知らぬほうがそなたのためだ」

「そんなことで気はすみません」

「はっきり言えることは、さっきの男とお春は福井の何者からの命令で、俺たちの命を狙っているのだ。もちろん、市九郎に会わせないためだ。今、言えるのはそれだけだ。俺だって確たる証拠があって言っているわけではないのだ」

「……………」

「ともかく、俺たちは一刻も早く無事に江戸に着くことだ。すべては江戸だ」

卯之助は厳しい顔で言った。


翌日の朝、三島宿を出立した。きょうはいよいよ箱根越えであった。

宿場を出立する旅人は多い。宿場の出口に、出入りする旅人を監視する見付がある。その近くに不審な旅人が休んでいたが、お春の一味かどうかわからなかった。

平坦な道がしばらく続くと長い上り坂になった。まっすぐな上り坂を、早立ちの旅人が先を行く。山中新田《やまなかしんでん》の立場《たてば》を過ぎ、さらに長い上り坂が続く。息が荒くなる。左二の腕の傷が痛み出した。

ようやく、伊豆と相模《さがみ》の国境である箱根峠に差しかかった。

「なんてきれいなんだろう」

郁太郎はそこからの眺望に感嘆の声を上げた。傷の痛みも忘れるほどだった。

富士が正面に見え、芦ノ湖《あしのこ》に映る逆さ富士に、郁太郎は疲れも忘れた。

「油断するな」

卯之助が注意をする。

「背中が無防備だ」

景色に見とれて、すっかり警戒心がなくなっていた。郁太郎はすぐに身を引き締めた。油断をつき、いつ何どき、旅人の格好をした敵が背後から斬りかかって来ないとも限らない。

箱根峠から杉並木の鬱蒼《うっそう》とした道を下る。箱根越えのどこかで三度目の襲撃をしてくる。それを予期していたので、警戒心は解かず、昼前に箱根宿に着いた。三島と小田原の中間点に当たる。

ここで、昼飯をとり、郁太郎と卯之助は先を急いだ。

やがて、関所に出た。屏風山を背に、前には湖という場所にある。

上方口《かみがたぐち》御門の前に大勢の旅人が列をなしていた。その中にお春ときのうの男の姿は見えない。

関所には、番頭一名、横目付一名、番士三名、定番人三名、足軽中間十五名などの役人が詰めていた。相模国小田原《おだわら》藩藩主大久保《おおくぼ》家の家来である。

定番人に藩発行の往来手形を提示し、江戸口《えどぐち》御門を出た。ここまで、お春の一味はいなかった。とうに、関所を抜けた可能性がある。

上り下りの杉並木の中の道を旅人はあえぎながら上る。常に、待ち伏せを警戒しながらなので、湖畔の賽《さい》ノ河原に着いても富士山や芦ノ湖、屏風山などの景観を楽しむ余裕などなかった。

やがて、甘酒茶屋を過ぎて下り坂になり、畑《はた》宿の茶屋で休んだが、そこにもお春たちはいなかった。

挽物《ひきもの》細工、指物《さしもの》細工、漆器細工などの細工物の生産が盛んな所だ。その店のひとつを覗いていた女がお春に似ていたが、お春かどうかわからない。

昨夜の襲撃の失敗で懲《こ》りたか。しかし、道中差しの男は逃げる際、「おぬしたちは江戸に着けぬ」と捨てぜりふを残して去って行ったのだ。

決して、襲撃を諦めたわけではない。必ず、どこかで襲いかかって来る。警戒を緩めるわけにはいかなかった。

結局、小田原宿に何事もなく到着した。大久保氏十一万石の城下町である。相模湾に面している。

小さな旅籠で旅装を解き、傷の手当てをした。

夕食後、卯之助はひとりで宿場を歩いて来た。四半刻（三十分）ほどで帰って来て、怪しい動きはないと言った。

箱根を越え、ほっとした。あと二日で江戸である。

「まだ、どこかで襲って来るでしょうか」

郁太郎はきいた。

「来ると思ったほうがいい」

卯之助はきっぱり言う。

「まだ、わかりません」

「何がだ？」

「私たちが襲われることです」

「俺たちの知らない何かがあるのだ。俺たちは、その何かに引き入れられてしまったということだ」

「その何かとは何ですか。卯之助さんには見当がついているんでしょう」

郁太郎はきいたが、卯之助の険しい横顔に、それ以上きいても無駄だと諦《あきら》めた。

第四章　流浪

一

郁太郎たちが箱根をこえた、同じ十七日の朝である。

屋敷の庭で鶯《うぐいす》が鳴いた。その声に誘われ、剣一郎は庭に出た。梅も咲き、春の陽気になった。だが、剣一郎の心は重かった。

おちよの死体が棄てられた件で浮上したのが、牟田上総守の下屋敷である。またしても、厄介な問題を抱えてしまったのだ。

その日、剣一郎はいつもより早く出仕した。与力は朝四つ（十時）から奉行所に出仕すればよいのだが、宇野清左衛門はいつも早く出仕していた。

夜勤の与力、同心たちが剣一郎に挨拶をしてすれ違う。剣一郎は清左衛門に面会を申し入れるために、時次郎を使いに出した。

時次郎はすぐに戻って来た。

「宇野さまが、お越しくださいとのことでした」

「ごくろう」

剣之助が奉行所に復帰してから、時次郎は生き生きしてきた。別に剣之助のことだけでなく、奉行所にも馴れて来たのだろう。

剣一郎は清左衛門のところに赴《おもむ》いた。

清左衛門は文机に向かって書類に目を通していた。罪人の財産を没収する闕所《けっしょ》という罪で得た金銭の管理のようだ。

手が休むまで待っていると、清左衛門が気づいて顔を向けた。

「来ていたのか。声をかけてくれても構わぬのに」

「恐れ入ります」

剣一郎は近づいた。

「宇野さま。ご報告とお願いがございます」

「うむ。聞こう」

「じつは、先般、柳原の土手で発見されたおちよという女の死体の件です」

身元が判明したことは清左衛門も知っている。

「同じ時期に、若い女が小石川片町にある大善寺山門で目撃されておりました。しかし、女たちの目的は大善寺ではありませぬ」

剣一郎は、これまでの経緯を説明し、

「大善寺住職の話から、騒ぎが聞こえたのは牟田上総守どののお屋敷ではないかと思われました。つまり、何らかの用事で、若い女たちが、牟田家の屋敷に集められたとみております」

「牟田上総守どのか」

清左衛門は顔をしかめ、

「その可能性はどれほどあるのだ？」

と、困惑してきいた。

「牟田上総守さまが関わっているかは別として、牟田家の下屋敷に若い女が集められていたことは間違いないと思います」

「そうか」

清左衛門が大きく息を漏らした。

「何か」

剣一郎は訝《いぶか》しくきき返す。

「じつは牟田どのは、漆原どのとは縁戚関係にあるのだ」

「漆原さまと？」

清左衛門は武鑑《ぶかん》を諳《そら》んじている。武鑑とは、大名や旗本など武家の氏名、家系、禄《ろく》高、役職などを記した書物であるが、清左衛門に訊ねれば、武鑑を開く必要はないのだ。

「さよう。漆原どのの母親は牟田家から嫁いできておる」

「そうでございますか」

「うむ。じつは、漆原さまはだいぶあのことを根に持っている様子。先日も、お奉行

になんだかんだと文句を言っていたらしい」

「南町に対してではなく、私を恨んでいるのでしょう」

「いや。南町に対しても……」

清左衛門は顔を歪めた。

「誠に、逆恨みもよいとこ」

漆原主水正は、武田紀和之輔自害の責任を剣一郎に押しつけ、剣一郎から与力職を

剝奪《はくだつ》せよとお奉行に迫ったという。

それを、お奉行から相談を受けた清左衛門が蹴ったことから、南町に対しても面白

く思っていないらしい。

「まことに、悪しきことは重なるもの。おそらく、例の無礼討ちの一件は牟田上総守の耳にも達していよう。ここで、もし、牟田どのを追及せねばならぬ事態になったら……」

清左衛門は珍しく気弱そうな顔になった。南町や剣一郎にどんな難癖《なんくせ》をつけてくるやもしれぬと心配しているのだ。

「もし、ことが大きくなりましたら、私が責任をとります。どうか、この件を私にお任せください」

剣一郎は訴えた。

「よくぞ申された。青柳どのに、その覚悟があるなら何も言うことはない。責任はわしがとる。町の者のために闘うことに何の遠慮があろう」

清左衛門は剣一郎の覚悟を聞いて元気を取り戻したように言う。

「宇野さま。ありがとうございます」

覚えず、剣一郎は深々と頭を下げていた。

「なんの。して、願いとは？」

清左衛門は改めてきいた。

「隠密《おんみつ》廻りの作田新兵衛《さくたしんべえ》の手を借りたいのです」

隠密廻りは隠密に市中を巡回し、秘密裏に探索を行なう。牟田家の屋敷に侵入するのは新兵衛以外に考えられない。新兵衛はあらゆる種類の人間に変装し、事件を探索する隠密廻りの中でももっとも頼もしい存在であった。これまでにも、新兵衛には何度か探索を頼んでいる。

「構わぬ。あとで、わしからお奉行に伝えておく」

清左衛門は、あとでという言葉を強調した。事前に伝えれば、拒絶される可能性がある。大名家の下屋敷、それも牟田上総守の屋敷を調べるなどと知ったら、お奉行も長谷川四郎兵衛も猛反対するに違いない。

お奉行は奉行職を何年か務めればやめて行く。当然、奉行の家来である内与力の長谷川四郎兵衛もいっしょに奉行所を去って行く。

奉行職を辞したあとのことを考えれば、旗本や大名とことを構えたくはないはずだ。ましてや、漆原家や牟田家は老中松平出雲守と親しい間柄なのである。

そういうお奉行と生涯にわたって奉行所に勤める与力、同心とは事情がまったく違う。事前に伝えれば反対される可能性がある。だから、事後に伝えると、清左衛門は言っているのだ。

もちろん、長谷川四郎兵衛は烈火のごとく怒るかもしれない。だが、四郎兵衛が清左衛門を激しく責めることは出来まい。

そんなことをして、清左衛門がへそを曲げたら、奉行所の業務はその瞬間から立ち行かなくなってしまう。それほど、清左衛門は南町にとって重要な存在であった。

そんな清左衛門は常に剣一郎の楯《たて》となってくれている。だから、剣一郎は思ったとおりに動き回れるのだ。

「宇野さま。このとおりでございます」

剣一郎は深々と頭を下げた。


その夜、月影が射すたびに、庭の梅の白い花がぼんやりと浮かび上がる。すでに、夜五つ半（九時）をまわっていた。

八丁堀の剣一郎の屋敷に、隠密廻り同心の新兵衛がやって来て、庭先に立った。小間物屋の格好をしている。

「新兵衛、ごくろうだの」

剣一郎は声をかけた。

「いいえ、また、青柳さまにお声をかけていただいたこと、光栄に存じます。あらまし、宇野さまより話をお聞きし、念のために牟田上総守の下屋敷を見て参りました。

それから、奉公人受宿に当たったところ、中間、小者などの雇入れの予定はないようでしたが、下男を探しているとのこと。さっそく手を打っておきました」

「さすが、新兵衛。そつがない」

剣一郎は頼もしく新兵衛を見た。新兵衛は下男として潜り込もうとしているのだ。

「下屋敷の探索だが、まず、一月二十日前後、若い女たちが屋敷に集められたかどうか。当然ながら、奉公人たちは口止めされていよう。聞き出すのは難しかろうがやってくれ」

「畏《かしこ》まりました」

「と、同時に同じ日、下屋敷に上総守がやって来たかどうか、そのことも調べるのだ」

「はっ」

「もし来ていたら、女たちを集めたのは上総守自身の意志ということになろう」

そうなると、ますます厄介なことになるが、仮にそうだったとしても、探索の手を緩めるわけにはいかない。

「さらに、もうひとつ。あの屋敷に、女たちを集めている商人ふうの四角い顔の男が出入りをしている可能性がある。その男についても調べるのだ」

一通りの指図をしてから、

「それから、向こうは用心しているかもしれない。これからの連絡は文七《ぶんしち》を通してくれ」

文七は剣一郎が私的に使っている男だ。文七もまた腕と度胸もあり、才覚もあるが、大名屋敷の探索は何度も経験している新兵衛のほうに一日の長がある。

ことに、下屋敷のほうでは警戒している節《ふし》もある。それゆえ、ここは新兵衛に探索を委《ゆだ》ねるべきだ。ただ、新兵衛と剣一郎が直接会うのは危険だ。そこで、文七を介在しようとしたのだ。

「文七」

剣一郎が声をかけると、少し離れたところで控えていた文七がすすっと寄って来た。

「新兵衛さま。よろしくお願いいたします」

文七は新兵衛に声をかけた。

「うむ、文七。青柳さまとの連絡、頼んだ」

新兵衛の声には文七への信頼に満ちていることが窺《うかが》えた。

「はい」

ふたりは過去に何度か顔を合わせている。

「落ち合うのは臨機応変に」

新兵衛が文七に言う。

「畏まりました」

ふたりは阿吽《あうん》の呼吸で確かめあった。

「ところで、新兵衛。下屋敷では下男を探しているとのことだが、今までいた下男はどうしたのだ？」

剣一郎は気になってきいた。

「受宿の亭主の話では最近、五年ほどいた下男がやめ、その後すぐに新しい下男を世話したが、お屋敷のほうから断って来たそうです」

「ほう、なにがあったのだ？」

「女中に手を出したので、やめさせられたということです。こっちにとっては好都合でございました」

「そうか。だが、長年いた下男がやめたというのも気になるな。あいわかった。それはこっちで調べてみよう」

「では、私は房州《ぼうしゅう》から出て来た為三《ためぞう》という名で潜り込みます」

「為三だな。だが、下男といえど、受宿だけでなく、牟田家の屋敷からも身元を調べられるかもしれない。それは、だいじょうぶなのか。まあ、新兵衛のことだからぬかりはないと思うが……」

「はい。こういうときのために、用意してある者のひとりでございます。本物の為三は明日からしばらく湯治に行くように命じてあります」

「なるほど。さすが、新兵衛」

剣一郎は改めて隠密廻りの用意周到さに感心した。

隠密廻りは探索のためにはいろんな人間に化ける。あるときは乞食《こじき》、托鉢《たくはつ》僧、六部《ろくぶ》に化け、また中間《ちゅうげん》に化けて大名・旗本屋敷にも潜入する。身元を調べられてもよいように、本物を日頃から手なずけているのだ。それは何人もの数に及ぶのだろう。

その実態は剣一郎といえど、知らされていない。あくまで、新兵衛自身の才覚でやっていることだ。

新兵衛が去り、文七が引き上げると、急に静かになった。離れのほうを覗くと、障子に灯が射している。剣之助と志乃はまだ起きているようだった。

再び、庭に目をやったが、雲が月を隠し、白い花が闇に消えていた。

場合によっては、旗本の漆原家と大名の牟田家とがいっしょになって、南町奉行所に、いや剣一郎に立ち向かってきて、剣一郎を潰しにかかるかもしれない。それでも闘わなければならないのだと、剣一郎は悲壮な決意を新たにした。

翌十八日の午後、剣一郎は武家奉公人の斡旋《あっせん》をする神田三河町にある受宿『三戸《みと》屋』に行った。

笠を外し、暖簾《のれん》を潜る。正面に帳場格子があり、でっぷりした男が座っていた。

「もしや、青柳さまで」

頬の青痣は、人びとの間に広く知れ渡っていた。

「亭主か」

剣一郎は確かめた。

「はい。三戸屋久右衛門《きゅうえもん》にございます」

三戸屋は畏まって答えた。

「ここで、牟田上総守さまのお屋敷に奉公人を斡旋したことがあるそうな」

「はい。ございます」

「これは内密に、牟田家のあるお方から頼まれて調べているのだが、長く下男として働いていた男が急にやめたそうだな」

「はい。それで急遽《きゅうきょ》、別の奉公人を斡旋しました。ところが、そいつがとんだ食わせ者でした」

三戸屋はいまいましげに言った。

「それは災難だったな。ところで、長く下男をしていた男の名は？」

「丑蔵《うしぞう》です」

「丑蔵か。今、どこにいるかわからぬか」

「いえ、わかりません」

三戸屋は首を横に振った。

「丑蔵には身寄りがいなかったのか」

「ええ、独《ひと》り身でございました」

「丑蔵の請人は誰だ？」

「少々、お待ちください」

三戸屋は奥に引っ込んだ。

しばらくして、三戸屋が台帳を持って戻って来た。

帳場机の上で台帳を開き、

「丑蔵の請人は神田佐久間町《さくまちょう》の藤三郎店《とうざぶろうだな》の大家で佐平《さへい》というひとです」

「わかった。このことは、内密ゆえ、牟田家の者にも話さないでもらいたい」

「はい。承知いたしました」

三戸屋は真顔で答えた。

三河町から昌平橋を渡り、神田佐久間町にやって来た。

藤三郎店の長屋木戸の横にある家は戸が閉まっていた。ここが大家の家だと思ったが、剣一郎は長屋木戸を潜った。

路地には誰もいない。ここは独り身の者が多く、みな仕事で出払っているのかもしれない。

木戸口に戻ろうとしたとき、一番奥の家から年寄りが出て来た。継《つ》ぎ接《は》ぎの着物で、不精髭《ぶしょうひげ》も白い。

立ち止まったまま、うろんそうな目を向けている。剣一郎は近づいて、声をかけた。

「大家のうちはどこかな」

「お侍さんは大家さんに用かえ」

「そうだ。もっとも、ほんとうは五年前までここにいた丑蔵という男のことで来たのだ」

目をしょぼつかせた。

「あの丑蔵か」

懐かしそうに呟《つぶや》く。

「覚えているか」

「覚えているとも。なかなかの働き者だったが、俺のように体を壊して力仕事が無理だってんで、お屋敷に下男として住み込んだ」

丑蔵は日傭取《ひようと》りだったという。

「下男をやめたそうだ」

「やめたのか。まあ、今まで、よく勤まったというべきか」

年寄りは独り言のように呟いた。

「大家の家は入口横の家か」

「そうだ。俺が呼んで来てやる」

案外、ひとのよさそうな年寄りは木戸口に向かった。

そして、裏口の戸を開けて、奥に向かって呼びかけた。

物音が聞こえた。

「丑蔵……」

「大家さん。お侍さんが丑蔵のことでやって来た」

「お侍さんが」

そんなやりとりが聞こえ、やがて五十年配の男が出て来た。

「私が大家の佐平ですが」

「今、聞いたとおりだ。丑蔵のことできたいことがある」

剣一郎は寝起きらしい顔の大家に訊ねた。

「丑蔵が牟田家の下男をやめたのを知っているな」

「いえ」

「知らぬのか」

「はい。請人になったのは五年前のことですし、最初のころは盆暮れのあいさつがありましたが、それきりで」

「そうか」

「長屋の者で、丑蔵と親しかったものはいるか」

「いえ、その後、丑蔵の話は出ませんから、つきあいはなかったと思います。丑蔵もお屋敷に住み込み、滅多に外には出られないでしょうから」

「屋敷をやめて、丑蔵はどこに行ったか、心当たりはないか」

「いえ」

大家は首を横に振った。

「丑蔵の国はどこだ？」

「確か、相模の出だったと思います。が、とうに身内はいないということでした」

「では、国に帰ったということは考えられないのだな」

「ないと思います」

「なぜ、ここに戻って来なかったのだろうな」

「そうですなあ。ここより、いいところがあったんでしょうか」

大家は心配顔で言った。

「丑蔵はどんな性格の男だ？」

「おとなしいほうでした」

その他、いくつかきいたが、手掛かりになるようなものではなかった。

「よし、だいぶ参考になった。ところで、寝ていたようだが、風邪でも引いたのか」

「いえ、じつは二日酔いでして……。ゆうべ、地主さんのところで酒をご馳走《ちそう》になりました。呑み過ぎたようで、帰ってから居間でそのまま寝入ってしまいました」

地主はこの長屋の持ち主で、大家はその地主から雇われているのだ。だから、地主の誘いは断りきれないのだろう。

大家は苦笑して、

「店子《たなこ》には呑みすぎるんじゃないと注意しておきながら、面目ない話です」

「そうだな。酒はほどほどがよい。邪魔した」

「青柳さま、でございますね」

行きかけた剣一郎を、大家が呼び止めた。

「わかっていたのか」

「はい。ちらっと覗いた青痣で。失礼しました」

「いや、よい」

「長屋の者に丑蔵のことを聞いてみます。何かわかったら、お知らせに上がります」

「自身番に私への言伝《ことづ》てだと言っておいてくれ」

自身番には毎日のように定町廻り同心と岡っ引きが巡回の途中に顔を出す。その同心から剣一郎に言伝ては届く。

剣一郎は長屋をあとにした。

きょう、新兵衛は百姓上がりの為三に成り済まし、牟田家に入り込んだ。文七は新兵衛との連絡を受けるために小間物屋に化け、屋敷の周辺を歩き回っているはずだ。

一方、京之進たちは行方をくらましたおせつを追っている。剣一郎は暖かい風を受けながら、土手際にある大番屋に向かった。もし、何かあれば京之進から連絡が入っているはずだ。

しかし、大番屋に顔を出したが、言伝てはなかった。短い時日では成果は得られまい。時間がかかることは覚悟しなければならなかった。

二

郁太郎と卯之助は小田原宿を出立した。すぐに酒匂川《さかわ》に出て、徒渡《かち》りで越えた。江戸まで二十里二十町（約八十キロ）の道程だ。いよいよ、明日の夜には江戸に着くと思うと感慨深いものがあった。

「まだ、油断するな。江戸に入る寸前が危ない」

卯之助は気を引き締めて言った。

大磯《おおいそ》、平塚《ひらつか》を過ぎ、馬入《ばにゅう》川を船でわたり、きょうはいっきに神奈川《かながわ》宿にやって来た。

宿で旅装を解いて、郁太郎は興奮していた。いよいよ、明日、江戸に入る。だが、その前にどこぞで襲撃がある。

卯之助はそう言った。

夕飯のあと、卯之助は宿の主人に街道の様子をききに行った。

その間、郁太郎は窓辺に寄り、手すりに寄り掛かって街道を眺めた。旅籠《はたご》の提灯《ちょうちん》の灯が輝き、通りは明るい。

女の旅人が下を通った。お春ではないかと思ったが、ちらりと見えた横顔は似ても似つかなかった。

福井を離れて半月以上経つ。母上はどうしているだろうか。久恵は、左右田淳平は、と次々と親しいひとたちの顔が浮かんで消えた。

晴れて帰国する日を夢見て、郁太郎は苦難の道を歩みだしたのだ。必ず、市九郎を討ち果たし、おおいばりで国に帰る。そのことだけが、郁太郎の心の支えだった。

ただ、江戸に着いたとしても市九郎を探し出すことが出来るか。広い江戸で探し出すまで何日もかかろう。いや、それより、ほんとうに市九郎が江戸にいるのか。

江戸に着いたとしても、さらに別の場所に旅立たないという保証はない。もし、江戸にいないとしたら、当てのない旅が果てしなく続くことになるのだ。

敵討《かたきう》ちの旅で、敵に巡り合うのはよほどの僥倖《ぎょうこう》に恵まれた場合のみだという。ほとんどの場合、旅に疲れ、金も底を尽き、いつしか気持ちが萎《な》えてくる。そんな自分の姿が想像され、郁太郎は覚えず叫び声を上げそうになった。

障子が開いて、卯之助が戻って来た。

郁太郎の顔を見て、暗い表情をしたが、卯之助はそのことには触れなかった。

「敵の襲撃場所の予想がついた」

卯之助は部屋の真ん中に座って言う。郁太郎もすぐ立ち上がり、卯之助の前に腰を下ろした。

「どこですか」

「鈴《すず》ヶ森《もり》だ」

「鈴ヶ森？」

「小塚原《こつかっぱら》と並ぶ江戸の処刑場だ。おそらく、この近辺で、奴らはもう一度、襲撃してくるに違いない」

卯之助は確信に満ちた言い方をした。

「なぜ、奴らは我々の江戸入りを阻止《そし》しようとするのですか」

何度も卯之助にきき、その都度、はっきりした説明をされなかったことだ。いまも、そのことに関して、卯之助の口は重たい。

「市九郎にあのような仲間がいたとは思えません」

「郁太郎。明日は江戸だ。いずれわかることだ。焦《あせ》るな」

「しかし」

郁太郎は言いかけたが、卯之助が横たわったのを見て口を閉ざした。きいても無駄だと思った。しかし、何かきかなければ、気がすまない。

「江戸について、どこから手をつけたほうがいいんでしょう。市九郎の居場所を探すのは闇雲《やみくも》に歩き回るしかないのでしょうか」

「心当たりはある」

「どこですか」

「それは無事、江戸にたどり着いてからのことだ。明日、無事、鈴ヶ森を過ぎるまで、いや、品川《しながわ》宿を過ぎるまでは、常に襲撃のことを考えるのだ」

卯之助が何を考えているのかさっぱりわからない。それ以上、いくら問いかけてもまともな答えは返って来ないと諦めた。

翌日。神奈川宿を早暁に発った。きょう、いよいよ江戸の地を踏むと思うと、抑えていても感情が高ぶってくる。

そんな気持ちが態度に表れたのか、卯之助が釘を刺した。

「江戸に着いたときのことを考えるな。敵の襲撃は鈴ヶ森よりもっと前にあるかもしれぬ。気持ちを引き締めよ」

「はい」

郁太郎は素直に応じた。

街道は波打ち際を通る。振り返ると海の向こうに富士が見える。帆かけ船が見える。

神奈川宿から二里半（九キロ）で川崎《かわさき》宿に着いた。まだ、陽は上りきっていない。

川崎大師への分かれ道を過ぎ、宿場を素通りすると、六郷《ろくごう》川に出る。

「辺りの注意を怠《おこた》るな」

卯之助が囁《ささや》く。河原に出て、草むらからふいに刺客が襲ってくるかもしれない。卯之助はその用心をしているのだ。

郁太郎と卯之助は他の旅人に混じって渡船場に向かった。これでは手出しが出来ないはずだ。

渡し船に乗っても、乗船客に用心をした。狭い船の上で襲われる心配はないと思うが、卯之助は郁太郎を船頭の近くにやり、自分もその横で他の客を監視するように座った。

乗客には商人体の男や芸人、武士もいる。商家の内儀と女中ふうの女のふたり連れ。女とて油断はならない。卯之助はそんな目をしていた。

無事に対岸に着き、船から下りた旅人が先に行くのを待ってから、卯之助は再び街道を歩きはじめる。

「なぜ、他のひとを先に行かせたのですか。怪しい人間でもいたのですか」

郁太郎は真意を確かめるようにきいた。

「気になる者がいた」

卯之助が歩きながら答える。

「誰ですか。武士がいましたが？　まさか、商人体の男では？」

「それと、女だ」

「女？　商家の内儀と女中ふうの女のふたりですか」

「そうだ。気になる」

「どこが？」

「気がつかなかったか。川崎宿の茶屋で商人体の男と女たちはいっしょだった。だが、船では他人を装っている」

「では……」

郁太郎は緊張した声を出した。

「うむ。気をつけろ」

大森《おおもり》に近づいたとき、なにやら騒ぎ声が聞こえた。先を行った女中ふうの女が駆け足で戻って来た。そして、女はまっすぐ卯之助のほうに近寄ってきた。

「お侍さま。お助けください」

いきなり、女が訴えた。

「どうかしたのか」

卯之助がきき返す。

「この先の一本松のところで、酔っぱらった浪人が内儀《おかみ》さんに絡んでいるんです。お願いです。誰も助けてくれるひとがいないんです」

郁太郎はお春との出会いを思い出したが、卯之助は女の頼みを聞き入れた。

「よし、あいわかった」

「ありがとうございます」

郁太郎は卯之助の顔色を窺ったが、平然としていた。用心深い卯之助にしては、いやにあっさり信用してしまったことに驚いたが、仕方なく女といっしょに先を急いだ。

しかし、一本松に浪人も内儀の姿もなかった。ただ、内儀のものらしい杖《つえ》が落ちていた。女中が悲鳴を上げた。

「あっちに連れて行かれたんです」

一本松から少し離れたところに間道があった。そこまで行ってみると、草むらのかなたに浪人と内儀らしい姿が見えた。

間道に入ったとき、いきなり卯之助が剣を抜き、女中の喉元に突きつけた。

「女。誰から頼まれた?」

卯之助は凄《すさ》まじい形相《ぎょうそう》で迫る。女は恐怖に目を剝《む》いている。

「言え、言うんだ」

「知りません」

「川崎宿の茶屋で男といっしょだったな。その男に頼まれたのか。言わぬと、顔に傷つける。よいな」

卯之助は切っ先を頰に当てた。

「お許しを」

女は泣きだしそうになった。

「もうひとりの女は何者だ？」

「川崎宿の砂子《いさご》村の呑み屋の女将《おかみ》さんです。私はそこで働いています」

恐怖に引きつった顔で、女は白状した。

「あとから来るお侍を間道に誘《おび》き出してくれと頼まれただけです。ほんとうにそれだけです」

「金をもらったのか」

「はい」

卯之助は女を放してから、

「郁太郎。腕の傷はどうだ？」

と、きいた。

卯之助の考えがわかった。

「だいじょうぶです。剣を持つのに差し支えありません」

郁太郎は左手を上げて答えた。

「よし。こうなったら、ここで決着をつけてしまおう。支度をしろ」

刀を引き、卯之助が厳しい声で言った。

「はい」

郁太郎は背負った荷をおろし、道祖神《どうそじん》のうしろに隠す。それから、襷《たすき》をかけ、袴の股立ちをとり、草鞋の紐《ひも》を確かめる。

卯之助も襷をかけ終えてから、近くの小川に行き、刀の柄《つか》を水で濡《ぬ》らした。郁太郎もそれにならう。

すでに、女は逃げていた。

「行くぞ」

「はい」

郁太郎は力強く応じた。

ふたりは敵陣に向かってゆっくり歩く。風が出てきたのか、草がなびく。やがて、出たのは処刑場の裏手の鬱蒼《うっそう》とした場所だった。

処刑で斬られた首は道端に晒《さら》され、胴体をこの付近に埋められるようだ。

一陣の風と共に、黒い布で顔をおおった侍がひとり、ふたりと現れた。全部で、三人。さらに、面体を晒した裁《た》っ着《つ》け袴《ばかま》の武士が近寄って来た。

「佐田卯之助、小谷郁太郎。よく、参った」

その声は、道中差しの男の男だ。やはり、武士だったのだ。

「我らの名を知り、我らを始末しようとするのはやはり藩の重役の差し金だな。誰だ、おまえに命じたのは？」

「死んで行く者に不要なこと」

敵は抜刀した。

「いいか。この男に構わず、ふたりで三人のほうを襲う。俺は右端の男だ」

卯之助が囁いた。

「わかりました」

「よし。行け」

卯之助の合図で、郁太郎は左に飛んだ。まだ、体勢を調《ととの》えていない覆面の侍はあわてて剣を構えた。が、郁太郎の剣のほうが早かった。

相手が剣を振りかざす前に、郁太郎の剣が相手の肩を袈裟《けさ》に斬っていた。卯之助もまた、右端にいた侍を倒していた。

卯之助は首領格の男と向き合い、郁太郎は残ったひとりの黒い布で顔をおおった侍と対峙した。

しかし、今の激しい動きで、先日の傷口がまた開いてしまったのか、激痛が走った。左腕から血が垂れた。それを、相手は見逃さなかった。

敵は八相に構え、じりじりと間合いを詰めて来た。郁太郎は片手で剣を構えた。十分に間合いが詰まったとき、敵は逸《はや》るように上段に構えを移し、強引に打ち込んで来た。

郁太郎は十分に腰を落とし、激痛をこらえ相手の左側に踏み込んだ。郁太郎の剣は相手の脾腹《ひばら》を斬っていたが、相手の右腕に小柄が突き刺さっていた。

卯之助が投げたのだ。

「郁太郎、だいじょうぶか」

頭領格の男と向き合いながら、卯之助がきいた。

「だいじょうぶです」

郁太郎もまた、頭領格の男に向かった。

「郁太郎。気をつけろ。手ごわい相手ぞ」

相手は腰を落とし、切っ先を後方に向け、刀を肩に担ぐようにして構えている。

郁太郎は敵の後ろにまわった。

「一対二だ。おぬしに勝ち目はない」

卯之助は正眼に構えた切っ先を相手の目から離さずに言う。

「逃げようとすれば斬る」

背後から、郁太郎は言った。左右、どちらに逃げても対応出来るように、郁太郎は剣を下げて、腰を落として構えた。

「そなた、何者だ？　そのような構えをする剣客は福井藩にいないはず。そなたは福井の者ではないのか」

いきなり、男は卯之助に向かって突進し、肩に担いだ剣が生き物のように卯之助の顔面目掛けて振りおろされた。卯之助も踏み込み、相手の剣を鎬《しのぎ》で受けとめた。

壮絶な鍔迫《つばぜ》り合いになったが、いきなり相手は体を沈めたかと思うと、卯之助の脇の草藪に頭から飛び込むようにして手をつき、でん繰り返しをして立ち上がるや、一目散に駆け出した。

「伊賀《いが》者か」

忍びかもしれないと、卯之助が言った。

「逃したのは残念だが、たとえ捕らえても依頼した者の名は言うまい」

卯之助は刀を鞘《さや》に納めてから、

「郁太郎、腕はどうだ？」

と、きいた。

「傷口が開いたようです」

治りかけた傷口から血が垂れた。卯之助は晒《さらし》を切り、応急の手当てをしてから、

「ともかく、ここを離れよう」

郁太郎と卯之助は来た道を引き返し、荷物をとってから街道に戻った。だが、歩くとまた血が滲《にじ》んでくる。

「きょうは、品川で一泊しよう」

「だいじょうぶです。江戸は目の前です」

郁太郎は言ったが、卯之助は諭《さと》すように言う。

「まず、傷を治してからだ」

品川宿は江戸とは目と鼻の先にもかかわらず、旅籠の数が多いのは飯盛女が多いからだ。

飯盛女目当てに近在から、あるいは江戸市内から男たちが遊びに来る。

その中で、小さな旅籠に草鞋を脱いだ。

三

十九日の夕方、剣一郎は連絡場所にしてある佐久間町の大番屋に顔を出した。

すでに京之進が来ていて、上がり口に腰を下ろし、茶を飲んでいた。剣一郎に気づくと、京之進はすぐに立ち上がった。

「ごくろう」

剣一郎は声をかけた。

「青柳さま。やはり、本郷四丁目の酒屋が一月十九日に一斗樽《いっとだる》を牟田家の下屋敷に納めておりました。同じく、本郷四丁目の料理屋が仕出し料理を届けておりました」

京之進はさっそく報告する。

「やはり、宴席が設けられていたな。牟田さまも来ていた可能性があるな」

「はい。二十日の夕刻、乗物が屋敷に入って行ったそうにございます」

「乗物?」

「はい。牟田さまがお乗りになっていたかどうかわかりませんが」

「うむ。牟田さまも来ていたに相違ない」

「おせつの行方はまだ摑めませぬ。ただ、不忍池《しのばずのいけ》の近くで、それらしき大八車が目撃されております。池之端《いけのはた》を抜けて、茅町《かやちょう》、さらには根津のほうに向かったと思われ、さらに足を伸ばして探索を続けております」

「うむ。引き続き、頼む」

きのう屋敷に下男として入り込んだ新兵衛は、まだ自由には動けないだろう。剣一郎は、下男をやめた丑蔵に目をつけている。

そのとき、小間物の荷を背負った男が入って来た。文七だった。

「何かわかったのか」

「はい。新兵衛さんがこれを落として行きました」

そういい、くしゃくしゃに丸めた紙切れを広げて寄越した。

剣一郎は目を通し、

「これは」

と呟き、眉をひそめた。

一月二十日に牟田家下屋敷にいたのは牟田上総守他、旗本漆原主水正、深川佐賀町にある海産物問屋『三国屋』の主人春右衛門とあった。さらに、もうひとり武士がいたらしいが、名前はわからないということだった。

「青柳さま、いかがいたしましたか」

京之進が声をかけた。

「これを見ろ」

紙切れを渡す。

京之進はそれを見て、あっと叫んだ。

「漆原さまがいっしょだったとは……」

武田紀和之輔の件で、漆原主水正は剣一郎を逆恨みしている。

「牟田上総守は漆原主水正と春右衛門を招き、若い女たちを集め、宴席を催した。その席で、おちよの具合が悪くなった。にも、かかわらず、手当てもせずに放置し、亡くなったとなると、死体を遺棄させたのに違いない」

剣一郎は怒りに燃えたが、その一方で一抹《いちまつ》の不安は拭いきれない。

「いかがいたしましょう」

「いや、相手が誰であろうと、真実を明らかにするまでだ。ただ、このことを追及していけば、漆原家、牟田家から相当の反発を買うことになり、仕返しを覚悟せねばならぬだろう。しかし、責任は私が持つ。京之進、あくまでも真実を摑むことだ。このままでは、死んだおちよが浮かばれまい」

漆原主水正と牟田上総守が縁戚関係にあると宇野清左衛門から聞いていたが、まさか、いっしょにいたとは想像もしていなかったので、その衝撃は軽いものではなかった。ふたりは老中松平出雲守に近い。ふたりが手を組めば、老中を動かし、南町に圧力をかけてくるやもしれぬ。

だが、それに屈してはならない。己の責任で、真実を明らかにする。それが、自分の使命だと剣一郎は思っている。

「はい。必ず、真実を明らかにしてみせます」

一瞬怯《ひる》んだかに見えた京之進は、剣一郎の言葉に勇気を得たように顔つきが再び鋭くなった。

「青柳さま。海産物問屋『三国屋』が絡んでいるのは好都合でございます。こっちのほうから攻めてみたいと思いますが」

京之進が意気込んだ。

「うむ、それがよかろう。ただ、へたに動くと、牟田家に筒抜けになる。十分に、気をつけよ」

「畏まりました」

京之進は大番屋を出て行った。

「それでは、私も」

文七が声をかけた。

「よし。頼んだぞ」

「はい」

文七は顔を引き締め、一礼してから外に出た。

剣一郎は大番屋を出てから、和泉橋を渡って内神田《うちかんだ》に向かい、そのまま大伝馬町《おおてんまちょう》を過ぎ、人形町《にんぎょうちょう》通りから小網町に出た。

さらに、そこから永代橋《えいたい》に向かった。橋を渡るころに陽は沈み、夜の帳《とばり》がおりてきた。

町の灯がきらめきだしている。

橋を渡ると深川佐賀町に出る。そこに、海産物問屋の『三国屋』がある。いちおう、『三国屋』を自分の目で確かめておこうとしたのだ。やがて、大屋根に『三国屋』の看板が見えた。

広い間口の店の前を通ると、奉公人が大戸を閉めはじめていた。

剣一郎は笠の内から店を見る。恰幅《かっぷく》のよい男の後ろ姿が店の中に見えたが、主人の春右衛門かどうかはわからない。

剣一郎はしばらく行ってから、仙台《せんだい》堀の手前で引き返した。再び、『三国屋』の前を通ったが、すでに大戸は閉められて、潜り戸が開いているだけだった。

『三国屋』の屋号は越前《えちぜん》三国湊に由来するものと思われる。あるいは本店がそこにあるのかもしれない。

『三国屋』の探索は京之進に任せればよい。剣一郎は再び、永代橋を渡った。

その夜、夕飯をとったあと、剣一郎は宇野清左衛門の屋敷に行った。

明日、出仕してから報告してもよいのだが、万が一に長谷川四郎兵衛の耳に入ることを恐れた。

清左衛門は喜んで迎えてくれたが、剣一郎の表情に屈託《くったく》を見たのか、対座するなり、

「青柳どの。何かござったか」

と、心配そうにきいた。

「はい。じつは、牟田家に探索に潜《もぐ》り込ませた作田新兵衛が知らせてきたのですが、ちと困ったことになりました」

剣一郎は声をひそめた。

「何か」

清左衛門が身を乗り出した。

「はい。一月二十日の夜、牟田家において若い女を集め、宴席が設けられたことは間違いないのですが、その宴席に牟田上総守さまだけでなく、旗本の漆原さまも同席し

ていたそうにございます」

「なに、漆原どのが」

清左衛門は表情を曇らせた。

「はい。新兵衛の報告ゆえ、間違いないものと思われます」

「漆原どのがか……」

清左衛門は顔をしかめた。

「容体の急変したおちよを十分な手当てをせずに見殺しにし、あまつさえ死体を屋外に遺棄した仲間に、牟田さまだけでなく漆原さまもいるという可能性があるのです」

「青柳どの。これは心してかからねばならぬ」

清左衛門は緊張した声で言う。

「はい」

「しばらく、長谷川どのにはこのことは伏せておこう。もし、知れば、きっとこの探索を押さえにかかるはずだ」

「そのほうがよかろうと思います」

「なれど、事件の追及が進めば、漆原どのはどんな手を使って南町に圧力をかけてくるやもしれぬ。場合によっては、また青柳どのの身に危険が……」

先日の里見十蔵、五郎太兄弟を刺客に送り込んだのは漆原主水正に違いない。清左衛門の危惧《きぐ》はあながち的外れではない。

「私ならだいじょうぶです。ただ、心配なのは、漆原さまと老中松平出雲守さまとの関係。まさか、出雲守さまがこのことで動き出すとは思いませんが、場合によっては老中を通して押さえつけようとするかもしれませぬ」

「いや、ご老中がそのようなことで動くはずはない」

「それならば、よいのですが」

「ともかく、漆原どのへの対応を考えてみよう」

「はい。それでは私は、これにて」

「まだ、いいではないか」

「ありがとうございます。でも、夜も遅いゆえ」

「そうか。青柳どの。ご苦労だった」

剣一郎は立ち上がった。

外に出ると、月は暈《かさ》をかぶっていた。雨になるのか。

四つ角を黒い影が横切った。按摩《あんま》だった。夜陰に笛の音が響いた。

あれから、果たし合いを望んでいた里見十蔵から何も言って来ない。不気味な沈黙を保っている。

だが、いずれ果たし状を突きつけてくるだろう。避けては通れぬいくつもの難題が、剣一郎の行く手に立ちふさがっていた。

四

陽が上ってから、郁太郎と卯之助は品川宿を出立した。

右手は海で、波打ち際を歩く。海には帆かけ船がたくさん浮かんでいる。やがて、茶店が並ぶ賑やかな場所に差しかかった。その先に、高輪《たかなわ》の大木戸が見えた。

これから旅立つのか、何かの講《こう》の一行がいる。見送りのひとや大きな荷を担いでいる人足や駕籠などで、ごった返していた。

郁太郎と卯之助はひと混みをかきわけるようにして大木戸を抜けた。

「ここから江戸府内だ」

卯之助が教えた。

「とうとう江戸にやって来たのですね」

卯之助は何年か前に、参勤交代のお供で江戸勤めの経験があるので、郁太郎には心強かった。

芝《しば》を過ぎ、京橋を渡ると、両側に大きな商家が並び、大通りはひとであふれている。よそ見をしていれば、ひととぶつかる。

「懐中物に気をつけろ。ひと混みの中に掏摸《すり》もいるからな」

郁太郎ははっとして腹に手を当てた。

ほっと安堵の胸をなで下ろしたとたん、またもひととぶつかりそうになった。

「祭礼でもないのに、江戸のひとはいつもこんなひと混みの中で暮らしているのですか」

郁太郎は呆《あき》れたように言う。

「ここは江戸の中心だからな」

やがて、日本橋を渡ると、本瓦葺《ほんがわらぶ》きの土蔵造りの大きな商家が見えた。三井越後《えちご》屋の呉服店だ。駿河町《するがちょう》のほうをみると、両側に大きな商家が並び、ほとんどが三井越後屋だと、卯之助が言った。その大きさに、郁太郎は圧倒された。

「上屋敷まで、どのくらいですか」

福井松平家の上屋敷のことだ。

「いや、上屋敷には行かぬ」

「じゃあ、下屋敷？」

「今夜はどこか旅籠を探そう」

卯之助の言葉に、郁太郎は耳を疑った。

「上屋敷に行くのではありませぬか」

長屋には空いている部屋もある。とりあえず、そこで旅装を解くものとばかり思っていたので、郁太郎は驚いた。

「今は、顔を出さぬほうがいい」

理由をきくのがためらわれるほど、卯之助の顔は厳しかった。

賑わっている本町から、卯之助は右に折れた。当てがあるように、卯之助はためらうことなくまっすぐな通りを行く。

大伝馬町から旅籠町《はたごちよう》にでる。しかし、卯之助は歩みをとめようとしない。郁太郎は黙ってついて行くしかなかった。

横山町《よこやまちよう》を抜けて、広場に出た。両国広小路《りようごくひろこうじ》だという。小屋掛けの芝居小屋や軽業《かるわざ》、楊弓屋《ようきゆう》、茶屋などが並び、ひとがひしめいている。

楊弓屋から若い女が媚《こ》びを売って客引きをしていた。美しい女だ。

「江戸は怖いところだ。女には気をつけろ」

見とれている郁太郎に、卯之助が脅《おどか》した。

「はい」

照れながら、郁太郎は返事をした。

両国橋を渡った。長さ九十四間、幅四間の大きな橋に、郁太郎は興奮した。橋から富士山がきれいに見えた。

橋を渡り、両国回向院《えこういん》の手前を左に折れ、横網町《よこあみちょう》にやって来た。そして、角屋利《かどやり》兵衛《へえ》という旅籠に入った。

小さな旅籠だ。そこで長旅の旅装を解いた。まだ、外は十分に明るい。

卯之助は窓から外を覗いた。

「だいじょうぶだ。つけられてはいない」

卯之助は部屋の真ん中に戻った。

主人が宿帳を持ってやって来た。

「二、三日、厄介になる」

卯之助は宿帳に記入しながら、主人に言う。

「はい、畏まりました。どうぞ、ごゆるりと」

主人が部屋を出て行ったあと、

「さあ、江戸に着きました。すべてを話してください」

と、郁太郎は卯之助に迫った。

「まあ、待て。ついたばかりだ」

卯之助はまたも先延ばしをした。

「でも、着いたら話してくれるという約束だったではありませぬか」

「必ず、話す。だが、もうしばらく待て」

「納得出来ません。上屋敷にも寄らず、わざわざこんなところに宿を求めたのはなぜですか」

「上屋敷に敵がいるかもしれない。その用心だ」

「市九郎の仲間ということですか」

「まあ、そういうことになる」

「しかし、市九郎は上意討ちの相手。市九郎の味方をする者が上屋敷にいるというのは解せません」

「よいか。我らの生きる道は市九郎を斃すしかない。このことだけははっきりしている」

「もちろんです。市九郎を斬らない限り、国には帰れません」

何年かかろうと、市九郎を探し出す。その覚悟は揺るぎない。

「よぶんなことを考えず、市九郎を討つことだけに専念したらどうだ」

「いえ、すべて教えてもらいたいと思っています」

「わかった。あとで、教えよう」

閉口したように言い、卯之助は立ち上がった。刀を摑んだので、郁太郎は驚いた。

「出かけるのですか」

「うむ。そなたは外に出るな」

「いえ、私も行きます」

郁太郎は刀を摑んだ。

宿の履物を借り、着流しで外に出た。

卯之助は一ノ橋を渡った。そして、小名木《おなぎ》川に出てから隅田川に向かい、今度は隅田川沿いを行く。

「佐賀町に何があるのですか」

郁太郎はきいた。

出掛けに、卯之助は宿の主人に深川佐賀町への道をきいていたのだ。

「もう、すぐわかる」

仙台堀を越えて、佐賀町にやって来た。

卯之助は町中を目を左右に配りながら歩いた。やがて、大きな屋根に『三国屋』という看板がかかっている海産物問屋の前にやって来た。

「『三国屋』というと？」

「そうだ。三国湊にある『三国屋』の江戸店《だな》のようなものだ」

卯之助は店の前をさりげなく素通りし、裏手にまわった。塀が続き、中は見えない。

それから、土手に出た。

「ここに、市九郎が匿《かくま》われている可能性もある」

「まさか」

郁太郎はすぐに反論した。

「三国湊の『三国屋』は国家老の河津さまと親しいという噂です。どうして、市九郎を匿うのですか」

しかし、卯之助は口を閉ざした。

向こうから、職人体の男がふたり歩いて来た。

怪しまれないように、卯之助は歩き出した。

「なぜ、あそこに市九郎がいると思われたのですか」

「勘だ」

「勘？　勘にしても何か根拠があるのではありませぬか」

郁太郎は旅に出てからのことに想いを巡《めぐ》らした。卯之助の話だと、福井を出たときから、何者かにあとをつけられていたという。

伊勢街道で伊勢に行くという卯之助と別れたあと、その尾行者は郁太郎をつけてきた。

その後、三度にわたって襲撃された。市九郎の仲間としか考えられなかったが、市九郎にそんな仲間がいたとは思えない。

いったい、市九郎以外で、何者が郁太郎と卯之助を襲うのか。敵は市九郎を討たせまいとしているかのようだ。

誰が、市九郎を助けようとしているのか。

どうして、卯之助は市九郎が『三国屋』に匿われていると思ったのか。

「まさか、あの刺客はご家老が……」

郁太郎が呆然《ぼうぜん》と言うと、卯之助は哀れむような目を向けた。

その夜、夕食の膳を女中が片づけたあと、卯之助がやっと語り始めた。

「郁太郎。心して聞け」

卯之助がいつになく厳しい顔を向けた。やっと、事情を話してくれる気になったようだ。郁太郎は固唾《かたず》を呑んだ。

「そもそもは大番組の藩士立木市九郎が下目付の仙田文之進を遺恨により惨殺し、逃亡したことからはじまった。下目付を殺害した罪は重く、国家老の河津さまが我ら両名に討手をお命じになった」

何をわかりきったことを言い出すのかと思った。

「だが、市九郎の遺恨とは何か」

「仙田さまに、日頃から辛く当たられていたのではありませぬか。現に、私は市九郎が辱《はずかし》めを受けているのを見ました」

市九郎は土下座までさせられていた。

「なぜ、仙田文之進は市九郎をそこまで責めたのだ？」

「徒士頭の島村さまの玉枝という娘に、仙田文之進が懸想《けそう》をし、それを市九郎が邪魔をしたとか、そのような恨みが……」

「それは、あくまでも噂ではないのか」

「噂？」

「そうだ。誰が流したかわからぬ噂だ。俺は仙田どのを知っているが、そんなことをするような男ではない」

「では、どういうことですか」

「だから、あとから作られた事情だと思っている」

「………」

「玉枝どのに尋ねたが、仙田どのに懸想をされたことはない。どうして、そのような話になったのかわからないと首を傾げておられた」

卯之助が、そこまで調べていたことに驚いた。

「卯之助さんは、別に理由があると思っているのですか」

「そうだ。俺はご家老の命令で、仙田文之進を斬ったのではないかと思っている」

「ご家老の命令ですって？」

「ご家老は仙田文之進に何かの秘密を握られていたのではないか。それが何かわからない。だが、殺さねばならなかったのだ」

「ならば、暗殺でよかったのではないですか」

「だめだ。下目付が暗殺されたら、あとでいろいろな憶測を呼ぶ。誰が何のためにやったのか、詮索《せんさく》されるかもしれない。だから、私怨にすり替える必要があった。そのために、白羽の矢が立ったのが市九郎だ。市九郎の家は河津家に恩誼《おんぎ》があるようだ」

「どんな恩誼かしれませんが、市九郎は仙田文之進を斬り、逐電したのです。そこまで、身を犠牲にして、ご家老の命令を受け入れたのですか」

「そうだ」

「でも、ご家老は上意討ちの討手を出したではありませぬか」

「俺が、最初に疑問を持ったのは、その討手がなぜ、俺なのかということだ。呑んだくれで女にだらしがない俺が、なぜ選ばれたのか」

卯之助は口元を歪めた。

「俺なら、本気で市九郎を狙わないと思ったか、あるいは身寄りがないからかもしれない。身寄りがなければ、死んでも泣く者はいない。そなたは母がいるのに選ばれたのは不幸というしかない」

卯之助は凄まじい形相《ぎようそう》になって、

「いいか。ご家老は俺たちを見捨てたのだ。討手として市九郎を追わせ、その俺たちを別の者に始末させる。もし、殺されていたら死体はどこかに埋められ、国では、俺たちは一生かかって市九郎を追っていることになっていたはずだ」

「そんな」

郁太郎は信じられなかった。いや、信じたくなかった。

「では、私たちはもう国には帰れないということですか」

目の前が暗くなり、声が震えた。目の不自由な母とも友の左右田淳平とも久恵とも、もう永久に会えないというのか。

「そんなばかな……」

郁太郎は絶望の淵《ふち》に突き落とされた。

母は自分の帰りを待っているのだ。家名を上げる絶好の機会に巡り合えたことを喜んでいたのだ。

もし、今のことを知ったら、母はどうなるだろう。いや、事実を知らぬまま、自分の帰りを何年も待ち続けるのだ。それは死ぬまで続く。

「望みはある」

卯之助がきっぱり言う。

「ご家老の思惑《おもわく》に関係なく、なにがなんでも市九郎を斃し、国に帰ることだ。表向きのお役目を果たした我らに、ご家老は何も出来ないはずだ」

「そうだ。市九郎を討ち果たせばいいのだ」

希望を持つように、郁太郎は自分に言い聞かせた。

「ご家老の庇護《ひご》を受けているとすれば、市九郎は必ず江戸にいる。逃げ回ることなど考えず、江戸で優雅に暮らそうとするだろう。だから、ご家老の息のかかった商家の江戸店に厄介になっているとみている」

「そういうわけだったのですか」

だから、佐賀町で海産物問屋を営《いとな》む『三国屋』に目をつけたのだと、郁太郎はようやく察した。

「ただ、ご家老の手の者が市九郎を守ろうとするはずだ。我らを見つけたら、襲って来よう。そういう中で、市九郎を探し出し、討たねばならぬ。上屋敷には行けないのも、そのためだ。ご家老の息のかかった者がいるはず。その見極めが出来ぬ以上、我らふたりで秘密裏に動かねばならぬのだ」

卯之助がいなかったら、郁太郎はとうに敵の刃《やいば》にかかっていたかもしれない。

もはや、卯之助といっしょに敵と闘わねばならないのだと、郁太郎は悲壮な覚悟を固めた。

五

二十一日の朝、剣一郎は千駄木まで足を運んだ。京之進が手札を与えている岡っ引きがおせつらしき女を見つけたというのだ。

病気の母親とふたり暮らしで、最近になって千駄木の長屋に引っ越して来たというのも本人らしかった。

しかし、名乗っている名は違う。これも、あえて名前を変えている可能性があり、おせつの顔を知っている剣一郎が確かめることになったのだ。

しかし、おせつではなかった。おせつと同じような境遇の娘は江戸には何人もいるのかもしれないことを、改めて思い知らされて、剣一郎は引き上げて来た。

剣一郎が佐久間町の大番屋に入って行くと、番太郎が近寄って言った。

「青柳さま。ちょっと前に、藤三郎店の大家の使いが青柳さまを訪ねて参りました。お訊ねの男が見つかったそうです」

「なに、丑蔵が」

剣一郎はすぐに大番屋を飛び出した。藤三郎店は目と鼻の先だ。大家の家に駆け込

むと、大家の佐平が待ちかねたように出てきて、

「青柳さま。丑蔵が見つかりました」

と、訴えた。

「どこだ？」

「はい。佐賀町の『三国屋』という海産物問屋で、下男をしています」

「『三国屋』だと？」

「はい。うちの長屋に住む左官屋の男が『三国屋』の母屋の修繕に行って、偶然に見かけたそうです」

牟田家に出入りをしている関係から『三国屋』に移ったのだろうが、なぜ、移らねばならなかったのか。

やはり、丑蔵はあの夜、何かを見たのだ。それで怖くなって、牟田家をやめようとした。しかし、口封じの意味合いもあって『三国屋』が身柄を引き取ったのではないか。

すぐに丑蔵に会いに行こうとして、剣一郎は思い止まった。表立って『三国屋』を訪ねても下男の丑蔵に会うことは難しい。それより、『三国屋』の主人の春右衛門に勘づかれてしまう。

「佐平。頼まれてくれぬか」

剣一郎は大家に声をかけた。

「『三国屋』までいっしょに行ってくれぬか。そして、丑蔵を外に呼び出して欲しい」

以前に住んでいた長屋の大家が訪ねても、『三国屋』の春右衛門は何の疑いも持つまい。ましてや、佐平は丑蔵の請人だったのだ。

「よござんすとも。私も丑蔵に会ってみたいと思っていたんです」

佐平は喜んで請け合ってくれた。

支度をしてくると言い、佐平はいったん家の中に入り、羽織を羽織って出て来た。

深編笠の侍と羽織の町人がふたり並んで歩くのは奇異に映ると思い、相前後して佐久間町を出発した。

先に行く佐平は両国橋を渡った。

前方に回向院が見える。そろそろ勧進相撲《かんじんずもう》が開かれる。幕内力士はほとんどが大名お抱えであり、そういえば、牟田家にはお抱えの相撲取りがいたはずだと、剣一郎は宇野清左衛門の言葉を思い出す。牟田上総守は体が大きく、相撲が好きらしい。

回向院の前を右に曲がり、佐平はそのまま一ノ橋を渡って隅田川沿いを佐賀町に向かう。

小名木川にかかる万年橋《まんねん》の手前で追いつき、

「私はここで待つ。頼んだ」

と、剣一郎は佐平に言った。

「はい。では、行って参ります」

佐平はひとりで橋を渡って行った。

剣一郎は橋の袂《たもと》から少し離れた。隅田川の波音がする。荷足船《にたりぶね》が小名木川から出て行った。

陽は少し傾き、隅田川の波間を白く輝かせている。丑蔵が正直に話してくれるかどうか。たとえ、正直に話してくれたとしても、それは証拠にはならない。丑蔵の言うことが正しいかどうかわからないのだ。

それに、丑蔵の証言を突きつけたところで、牟田上総守が否定すればそれきりだ。だが、丑蔵の話で何があったのかを知ることが出来る。

四半刻（三十分）以上経って、ようやく橋の向こうにふたつの影を見た。ひとりは佐平だ。小太りの男が丑蔵だろう。

佐平は万年橋を渡って剣一郎のほうにやって来た。

「青柳さま。連れて参りました」

「ごくろう」

「さあ、丑蔵。青柳さまだ」

佐平は丑蔵を剣一郎の前に押し出した。

「青柳さま。私はこれで。丑蔵、何か困ったことがあったら私のところに来るんだ」

そう言い残し、佐平は去って行った。

「さて、丑蔵」

畏まって俯《うつむ》いている丑蔵に声をかける。

「牟田家下屋敷の下男をやめたらしいが、どうしてやめたのだ?」

「別に、これといったわけはねえんです」

「柳原の土手に、おちよという女の死体が棄てられていた。可哀そうに長い間、身元がわからなかった」

丑蔵が落ち着きをなくした。

「おちよには病気の母親と幼い兄弟がいた。親孝行な娘だったらしい。親御の嘆《なげ》きはいかばかりか、兄弟もやさしい姉を失ってさぞ力を落としているだろう」

「………」

「丑蔵。先月の二十日、おちよは牟田家の下屋敷にいたはずだ。おちよだけではない。おせつという女もだ。それ以外にも何人かの若い女もいっしょだ」

丑蔵は両手で耳を塞《ふさ》ぎ、

「あっしは知らねえんです。何も知りません」

「丑蔵。おちよが可哀そうだと思わないか。このままじゃ、浮かばれまい」

「あっしは何も……」

今度の声は弱々しかった。

丑蔵ははっとした。

「口止めされているのだな」

「そなたから聞いたとは言わぬ。そなたが見たことを、ありのまま話してくれぬか」

剣一郎は説き伏せる。

「黙ったままでいることは苦しくないか。決して、そなたに迷惑はかけぬ。だから、すべてを話し、楽になるのだ」

「お許しを。喋《しゃべ》ったら……」

丑蔵は恐怖におののいた。

「よし。では、俺がいうことに間違いがあったら違うと言うのだ。よいな」

丑蔵は怯《おび》えながら頷いた。

「一月二十日夜、牟田家下屋敷にて、若い女たちを集めての宴席が開かれた。その折り、おちよなる女が急の病に陥《おちい》った。しかし、その場にいた者は誰も医者を呼んでまで手当てをしようとせず、手をこまねいている間に息が絶えた。処置に困った屋敷の者は二日後の夜、死体を菰《こも》に包み、棄てに行った。その光景を、そなたは見ていたのではないか」

丑蔵は引きつった顔で首を横に振った。

「違うなら違うと言うのだ」

丑蔵はわなないている。

あまりに丑蔵が怯えているのを見て、剣一郎は、はたとある考えが浮かんだ。

「ひょっとして、死体を運んだのは丑蔵、そなたか」

ひぇえっと丑蔵はのけぞった。

「屋敷の者に命令され、誰かといっしょに死体を棄てるのを手伝わされたのではないか。だが、怖くなって途中で担《かつ》ぐのをやめたのか、死体が野末に棄てられて朽《く》ちていくことに哀れみを覚えたか、そなたは……」

「お許しください。喋ったら大家さんにも迷惑がかかってしまうんです」

「なに、大家？ 佐平のことか」

「はい」

「そうか。喋ったら、請人の大家に累が及ぶと脅されたのか」

丑蔵は震えながら小さく頷いた。

「あの夜、屋敷内で何が行なわれていたのだ？」

「あっしらにはわかりません」

丑蔵は相当、怯えている。これ以上はなにも言いそうもなかった。

「よし、わかった。行け」

「えっ、よろしいので？」

丑蔵は戸惑《とまど》い気味にきく。

「よい。ただし、このことは黙っているように」

「はい」

「もし、黙っていることに耐えられなくなったらいつでも来い。奉行所がそなたや大家の佐平の身を守ってやる」

しばらく迷っていたが、丑蔵は頭を下げると、逃げるように去って行った。

やはり、剣一郎の想像は外れていなかった。それにしても、あの夜、下屋敷で何が行なわれていたのか。

やはり、おせつを見つけることだ。まさか、おせつの身に危険が及ぶようなことはあるまいが、一刻も早く見つけ出さなければならない。

気がつくと、辺りは薄暗くなっていた。

六

朝から雨だった。この雨の中、外に出るなと郁太郎に命じ、卯之助はひとりで旅籠を出かけた。

そぼ降る雨は寂しい。郁太郎は国の母を思い、焦燥《しょうそう》感にかられた。母上はちゃんと食事をとっておられるだろうか。

久恵や左右田淳平が母を見てくれるといっても、そう年中見ていられるわけはない。きっと自分を心配し、心細い思いをしていることであろう。母は強いひとだから、他人には弱みを見せないぶん、ひとりでいるときは泣いているのではないか。そんなことを考えると、胸が張り裂けそうになる。

福井を出てから、まだひと月にはならないのに、長い間故郷を離れているような気がしてきた。

夕方前に卯之助が戻って来た。手に大きな風呂敷包みを抱えていた。

「まだ、降っている」

手拭いで、髪や肩を拭きながら、卯之助は、

「その包みを開けてみろ」

と、言った。

棒縞《ぼうじま》の着物や帯、その他、墨染《すみぞめ》の衣や笠まである。

「どうしたんです？」

「古着屋で買って来た」

「どうするんですか」

不思議に思ってきいた。

「よいか。市九郎を探すために歩き回ることは、こっちも敵に姿を晒すことになる。それでは、市九郎を探し出す前にこっちの身が危うい。だから、まず我らは姿を消さなければならない。武士の身分を秘す」

「町人に化けるのですね」

卯之助の才覚に、郁太郎は感服すると同時に、己《おのれ》の未熟さを思い知らされた。まず、ものの見方が違う。対処の仕方が違う。郁太郎はただやみくもに突き進むだけだ

が、卯之助は状況を見て、引くべきときは引き、進むべきときは進む。

「郁太郎」

卯之助が呼んだ。

「よいか。明日早暁、ここを発つ」

「どこへ？」

「下谷だ。下谷山崎町《やまざきちょう》の長屋だ。汚いところだが、ふた部屋空いていた。これから、じっくり腰を据えてかからねばならぬ」

「わかりました」

卯之助は長期戦を覚悟せよと言っているのだ。

「いよいよ明日から、新たな闘いがはじまるのだ。よいな」

「はい」

もはや迷いはなかった。このひとについて行こう。それしか、生きる道はないのだと、郁太郎は悟った。

翌朝、まだ夜が明けきらぬうちに、ふたりは宿を発った。雨は夜半にはやんでいた。

隅田川の土手道を北に向かううちに東の空が白みはじめていた。左手に浅草寺《せんそうじ》の五重塔がぼんやり浮かんでいた。

ふたりは股引《ももひ》きを穿《は》き、着物を尻端折《しりつぱしよ》りし、町人の姿に身を変えていた。背負った荷物に刀の大小を仕舞い、行商人を装っていた。

吾妻橋《あずま》を渡り、浅草広小路を通り、東本願寺裏手の道を行く。朝の早い豆腐屋《とうふ》はとうに起きており、納豆《なつとう》売りやしじみ売りなどの棒手振《ぼてふ》りが行き交う。

もう一日の活動がはじまっていた。両側に寺が並ぶ道を行き、ようやく下谷山崎町にたどり着いた。

路地に入って、郁太郎は唖然《あぜん》とした。今にも倒れそうな長屋だ。両側の建物がお互いに傾げ、庇《ひさし》が路地に突き出ている。

手前の家の戸障子が開いて、赤い木綿の法被《はつぴ》に赤い幟《のぼり》を持った男が出て来た。卯之助をみると、にやっと笑ってすれ違った。

「あれは半田行人《はんだぎようにん》といって、半田稲荷の使いだと言って踊りながら銭をもらう。ここは、大道芸人たちが住んでいる」

そう言いながら、卯之助は奥に進み、突き当たりとそのひとつ手前の家を示した。

「このふたつが借りた部屋だ。好きな方を選べ」

「じゃあ、奥に」

郁太郎は戸惑いながら言った。

卯之助は手前の家の戸障子を開けた。郁太郎も隣に行き、戸障子に手をかけた。だが、何かに引っかかっているのか、うまく開かない。

何度かやり直し、上に少し持ち上げてから引くと、やっと戸が開いた。

中に入って驚いた。狭い土間に三畳の部屋があるだけだ。ただ、薄いながらふとんが用意してあった。

竈《かまど》などない。ただ、寝るだけだ。そういえば、路地の突き当たりに屋根があって、そこに竈があった。共同なのだ。

荷物を置き、なんだか惨《みじ》めな気持ちになった。だが、市九郎を斃すまでの辛抱だと、自分に言い聞かせた。

戸が開き、卯之助が入って来た。

「こんなところで驚いたか」

「少々」

郁太郎は正直に答えた。

「こういうところがいいのだ。安住出来る場所にいれば、目的を果たそうとする気力もだんだん失ってくる」

「はい。わかっています」

郁太郎は力強く答えた。


翌日から、郁太郎と卯之助は動き出した。芸があるわけではないので、郁太郎は頭に手拭いをかぶり、籠《かご》を背負い、紙屑《かみくず》買いの扮装をした。卯之助は遊び人の姿に身をかえている。

卯之助の考えは、市九郎は『三国屋』のように、福井出身の者がやっている商家にいるということだった。

もっとも可能性が高いのが、佐賀町の『三国屋』だ。もう一度、行ってみることにした。先に、郁太郎が歩き、少し離れて卯之助がついてくる。

吾妻橋を渡り、きのう通った道を逆に辿り、竪川《たてかわ》を越え、さらに小名木川を越えた。後ろから、卯之助がついて来るのを確かめてから仙台堀を越え、佐賀町にやって来た。

「紙屑買いでございます」

郁太郎ははじめて声を出した。

『三国屋』の裏手にまわった。紙屑買いなら怪しまれまい。だが、『三国屋』からは声がかからなかった。

ここに市九郎が匿われているかどうか。外からではわからなかった。

七

二月二十五日になった。おせつの行方がわからないまま、虚《むな》しく日が経っていく。

あの日の夕方、大番屋にて京之進や文七からの報告を受けたが、進展はなかった。

こうなったら、もう一度、丑蔵に会ってみるか。しかし、あの怯えようではなかなか喋る決心はつかないだろう。

大番屋を出たのは、陽が落ちてからだった。

楓《もみじ》川にかかる海賊《かいぞく》橋を渡って八丁堀に帰って来た剣一郎の前に巨軀の浪人が立ちふさがった。

「そなたは、里見五郎太」

里見兄弟の弟のほうだ。

「兄じゃからの言伝てだ。長い間、待たせたが、果たし合いに応じていただきたい。

日時、場所は青痣与力に任せるとのこと。あくまで一対一の果たし合いだ」

はじめてまみえてから十日ほど経つ。

「わかった」

剣一郎は一瞬、思いを巡らせた。

「身辺の整理もあるゆえ、明日一日猶予《ゆうよ》をいただきたいところだが……。待たせるのもいかがと思う。よろしい、明日の夜五つ（八時）、場所は鉄砲洲稲荷の横から隅田川に出た河原でいかがか」

その場所は、武田紀和之輔の仲間と刃を交えた場所だ。あそこなら、誰にも邪魔されないはずだ。

「わかった。そう伝えておく」

里見十蔵の剣は人知で計り知れないものが窺える。あの男は生への執着がないように思える。あえていえば、すでに死んでいる人間だ。ひとの心は読めるが死人の心はわからない。

ふと萌《きざ》した不安を追い払うように、剣一郎は深く息を吐いた。

翌日、剣一郎は一日、奉行所で過ごした。

宇野清左衛門に挨拶に行き、吟味与力の橋尾左門とも語らった。万が一の場合に備え、それとなく別れを告げておこうとしたのだ。

その日、いつもより、早い帰宅に、多恵が微かに眉を寄せてきいた。

「今宵《こよい》、またお出かけでございますか」

勘のよい多恵の言葉に、剣一郎ははっとしたが、よもや今宵の果たし合いに気づいたのではあるまい。

早く帰った日は、たいがいすぐに出かけることが多いので、そうきいたのかもしれない。剣一郎の考えすぎであろう。

居間に落ち着いてから、

「るいはいるのか」

と、剣一郎はきいた。

「すまぬが、るいに来るように伝えてくれないか。忙しかったので、しばらくるいとゆっくり話をしていないのでな」

またも、多恵が不思議そうな顔をした。

あっと気づいた。忙しく、るいと話をしていないなどと、わざわざ言い訳のように付け加える必要はなかったと、剣一郎は思った。

しばらくして、るいがやって来た。

「お父上。お呼びにございますか」

るいはますます女らしく美しくなっている。

「どうだな、最近は？」

剣一郎は目を細めて見る。

「何がですか」

「いや、もろもろだ」

剣一郎はあわてて言う。

うふっと、るいは笑った。

「お父上は私がお嫁に行くのではないかと心配していらっしゃるのですか。そのことをお訊《たず》ねになりたいのですね」

るいは勘違いした。もっとも、そのことも気になっていたことだ。

「どうなのだ？」

「まだ、るいはお嫁には行きません。どうか、ご安心ください」

「いや、そういうわけでは……」

剣一郎は苦笑したが、すぐに真顔になって、

「るい。いずれ、この家は剣之助が継ぐ。そうなると……」

「いやですわ。父上」

るいが剣一郎の言葉を制した。

「なんだ？」

「だって、いくらなんでも、それまでには、るいはお嫁に行っていますわ」

「そうだな」

剣一郎は笑ったが、明日にでも剣之助が青柳家の当主にならざるを得ないかもしれないのだ。

「父上」

るいが真顔になってきいた。

「どうか、なさったのですか」

「うむ？」

「なんだか、とても悲しそうなお顔をなさいました」

「そんなことはない」

剣一郎はあわてたが、

「志乃とはどうだ？」

と、取り繕《つくろ》うように志乃に話題を移した。

「はい。とても可愛がっていただいております」

「そうか。それはよかった」

剣一郎はふと思いつき、

「るい。すまぬが、志乃の都合をきいてきてくれないか。志乃ともゆっくり話がしてみたい。よければ、わしの方から出向く」

「はい。では、すぐにきいて参ります」

るいは一礼して出て行った。

剣一郎は庭に目をやった。馴染《なじ》んだ庭がやけにやさしく目に映る。

るいがやって来た。その後ろに、志乃もついて来た。

「お義父《ちち》上、志乃でございます」

「おう、わざわざ来てくれたのか。さあ、これへ」

すっかり若奥方の風格が身についていた。その美しさにも磨きがかかっている。

「どうだな、ここでの暮らしは？」

「はい、とても楽しく過ごさせていただいております」

「そうか。それはよかった」

「るいさまともほんとうの姉妹のようにしていただいております」

「あら、それは私のほうの言葉ですわ。じつの姉さまみたいで、るいはいつも甘えさせていただいております」

「いえ、私のほうこそ」

ふたりのやりとりを、剣一郎は微笑ましく聞いていた。

夕飯は茶漬けにしてもらった。あまり重いものを腹に入れないほうが体が動くだろう。

多恵は、そんな剣一郎に何か問いたげだった。

剣之助はまだ帰って来ない。待ちわびたが、出かける時間になり、剣一郎は深編笠を被って、屋敷を出た。

屋敷の前で剣之助を待ったが、まだ帰って来ない。奉行所での用事が片づかないのだろう。

鉄砲洲へは剣之助の帰り道とは逆を行かねばならず、諦めて歩きだした。月影さやかに、辺りは明るい。

亀島町《かめじまちょう》の川岸通りに出て、川沿いを京橋川に向かう。ひと通りはなく、剣一郎の足音だけが聞こえた。

京橋川の河口にかかる稲荷橋を渡ると鉄砲洲稲荷である。

剣一郎は鉄砲洲稲荷を廻って、隅田川に向かった。土手から河原におりると、すでに白い着流しの里見十蔵が待っていた。

剣一郎はゆっくり十蔵のもとに向かった。

「よく来た」

十蔵が低い声で言う。

「果たし合いなどしないのだが、そなたの申し入れはなぜか断りきれなかった」

剣一郎は心情を吐露《とろ》した。

「ここなら誰にも邪魔をされずに思う存分、闘える」

十蔵は落ち着いて言う。

「五郎太はどうした？」

「来るなと言いつけてある。心配ない、行くぞ」

十蔵が剣を抜いた。

「おう」

と応じ、剣一郎は刀の柄に手をかけた。

十蔵は下段の構えから切っ先を開いた右足の位置にずらした。剣一郎は半身になり、正眼に構える。

間合いを詰める。痩身《そうしん》の相手はまるで柳の樹のように立っている。殺気はない。しかし、迂闊に打ち込めない何かがあった。

間合いが詰まる。相手の影が剣一郎の足元に迫った刹那《せつな》、十蔵が剣を突いて来た。剣一郎は剣を弾き、さらに踏み込んで袈裟懸けに斬った。

十蔵は身を大きくそらして避けた。剣一郎の剣が空を斬った。が、すぐに刀を返し、横にないで胴を狙った。

だが、十蔵は剣一郎の剣をかわした。そして、かわしながら、すぐに攻撃に移った。

まるで、十蔵の体は柳のようだった。そのしなやかな体で剣一郎の剣をかわす。

一方、弾みをつけて斬りかかって来る剣の威力は凄まじい。剣一郎は後退《あとずさ》りながら剣を操り、十蔵の剣を避ける。その間に、わずかな隙を見つけて、反撃に転じる。

だが、十蔵は剣一郎の切っ先を皮一枚の差でよける。手応えがあったはずの攻撃が、ことごとくかわされた。

再び両者は離れた。剣一郎は正眼に構えた。十蔵も切っ先を右足に向けた下段に構える。間合いを詰める。

が、そのとき、十蔵に変化が起きた。十蔵の体がふたつに折れた。激しく咳《せ》き込んだのだ。そして、血を吐いた。

「十蔵。やはり、そなたは……」

胸をやられているという言葉を呑み込んだ。

十蔵は苦しげに咳き込みながら、剣を剣一郎に向けている。

「十蔵。きょうの勝負。お預けだ」

「ならぬ」

十蔵が立ち上がって叫ぶ。

「咳はいっときのことだ。もう、大事ない」

「無理だ。咳は体力を消耗させる」

「くどい」

十蔵が突進してきた。さっきまでのしなやかな剣の冴えはもうない。剣一郎は容易に剣をはじいた。続けざまの攻撃も、十蔵本来のものではなかった。

だが、十蔵は闘いをやめようとしない。

「十蔵」

剣一郎がもう一度、説き伏せようとしたとき、悲鳴が聞こえた。そのほうに顔を向けると、土手の上からひとが転げ落ちたところだった。

土手の上に、白刃《はくじん》を引っ提《さ》げた侍が三人いた。転げ落ちた男を追いかけて、斜面を駆け下りようとしていた。

「十蔵。待て」

剣一郎は言い捨て、侍のほうに向かった。

「何事だ」

剣一郎が駆けつけると、侍たちは立ち止まった。そして、姿を見られては都合が悪いのか、すぐに斜面を戻っていった。

剣一郎は倒れている男に駆け寄った。肩を抱き起こし、

「しっかりしろ」

と、叫んだ。

月影が男の顔を映し出した。三十年配の男だ。背中や腹、手足と何か所も斬られ、苦痛に喘《あえ》いでいる。

何か言おうとしている。

「何だ?」

剣一郎は耳を口元に寄せた。

「本物のミヤコカスミ……。いず……」

「ミヤコカスミ？　それは何のことだ？」

男の呼吸が荒くなった。

「いず、とは？」

「いず…もの…かみ……」

「おまえは何者だ？」

「きょう……」

男の首ががくんと垂れた。

「おい、しっかりせよ」

大声で叱咤《しった》したが、男は息絶えた。

剣一郎は男をそっと横たわらせ、瞼を閉じさせた。そして、合掌した。

出雲守とは老中松平出雲守のことか。ミヤコカスミとは何か。

はっと、気づき、十蔵を探したが、すでに姿はどこにもなかった。


（下巻につづく）

祥伝社文庫

春《しゅん》嵐《らん》（上） 風烈廻《ふうれつまわ》り与力《よりき》・青柳剣一郎《あおやぎけんいちろう》

平成23年5月20日　初版第1刷発行
令和7年2月15日　第6刷発行

著　者　小杉健治《こすぎけんじ》
発行者　辻　浩明
発行所　祥伝社《しょうでんしゃ》
東京都千代田区神田神保町3-3
〒101-8701
電話　03（3265）2081（販売）
電話　03（3265）2080（編集）
電話　03（3265）3622（製作）
www.shodensha.co.jp
印刷所　堀内印刷
製本所　ナショナル製本
カバーフォーマットデザイン　中原達治

Printed in Japan ©2011, Kenji Kosugi ISBN978-4-396-33675-2 C0193

祥伝社文庫の好評既刊

小杉健治 **待伏せ** 風烈廻り与力・青柳剣一郎⑩

絶体絶命、江戸中を恐怖に陥れた殺し屋で、かつて風烈廻り与力青柳剣一郎が取り逃がした男との因縁の対決を描く！

小杉健治 **まやかし** 風烈廻り与力・青柳剣一郎⑪

市中に跋扈《ばっこ》する非道な押込み。探索命令を受けた青柳剣一郎が、盗賊団に利用された侍と結んだ約束とは？

小杉健治 **子隠し舟** 風烈廻り与力・青柳剣一郎⑫

江戸で頻発する子どもの拐かし。犯人捕縛へ〝三河万歳〟の太夫に目をつけた青柳剣一郎にも魔手が……。

小杉健治 **追われ者** 風烈廻り与力・青柳剣一郎⑬

ただ、〝生き延びる〟ため、非道な所業を繰り返す男とは？　追いつめる剣一郎の執念と執念がぶつかり合う。

小杉健治 **詫び状** 風烈廻り与力・青柳剣一郎⑭

押し込みに御家人飯尾吉太郎の関与を疑う剣一郎。そんな中、倅の剣之助から文が届いて…。

小杉健治 **向島心中** 風烈廻り与力・青柳剣一郎⑮

剣一郎の命を受け、倅・剣之助は鶴岡へ。哀しい男女の末路に秘められた、驚くべき陰謀とは？